山是云的故乡

刘纪——著

中国海洋大学出版社

·青岛·

图书在版编目（CIP）数据

山是云的故乡 / 刘纪著 . —青岛：中国海洋大学出版社，2022.10

ISBN 978-7-5670-3317-7

Ⅰ.①山… Ⅱ.①刘… Ⅲ.①游记—作品集—中国—当代 Ⅳ.①I267.4

中国版本图书馆CIP数据核字（2022）第201652号

山是云的故乡

SHAN SHI YUN DE GUXIANG

出版发行	中国海洋大学出版社			
社　　址	青岛市香港东路23号		**邮政编码**	266071
网　　址	http://pub.ouc.edu.cn			
出 版 人	刘文菁			
订购电话	0532-82032573（传真）			
责任编辑	滕俊平		**电　　话**	0532-85902342
电子信箱	appletjp@163.com			
印　　制	青岛海蓝印刷有限责任公司			
版　　次	2022年11月第1版			
印　　次	2022年11月第1次印刷			
成品尺寸	170 mm×240 mm			
印　　张	11.25			
字　　数	206千			
印　　数	1～2000册			
定　　价	79.00元			

发现印装质量问题，请致电0532-88785354，由印刷厂负责调换。

序

曾经跨过山和大海

——刘纪《山是云的故乡》读记

我喜欢旅行，但谈不上特别喜欢。在这个膨胀、挤压、内卷，既大又小的时代，向往诗和远方，脚步跟不上梦想的人实在太多了。好在我热爱阅读，通过阅读领略看不到的良辰美景，亦能体会"仰观宇宙之大，俯察品类之盛，所以游目骋怀，足以极视听之娱，信可乐也"的感受。借助手机、电脑，动动手指，也能畅游天下。就像古人"卧游"，他们受限于交通，出行不便，遂将山水画悬诸壁上，足不出户，高卧枕席，眼观心悟，如在画中矣。

那么，为什么还要旅行呢？

因为梦想代替不了脚步。

如果徐霞客窝在家里，光靠看山水画，而没有三四十年、至死不渝、堪称气吞山河的长旅壮游，写不出具有地理学与文学等学科意义的《徐霞客游记》。如果司马迁只是依赖文献记载，没有"二十而南游江淮，上会稽，探禹穴，窥九嶷，浮于沅湘。北涉汶泗，讲业齐鲁之都，观夫子之遗风，乡射邹峄；厄困蕃、薛、彭城，过梁、楚以归"的丰富履历，也写不出彪炳春秋的《史记》。老子和孔子都不是"书呆子"，纵观他们的人生足迹，称得上波澜壮阔。古人提倡"读万卷书，行万里路""知行合一"，所以他们能够成为"究天人之际，通古今之变"，智慧非凡，垂范后世的圣贤。

圣贤既是思想家，也是行动家。我们不是圣贤，我们是凡夫俗子。圣贤曾经是凡夫俗子。凡夫俗子也有圣贤的一面。从凡夫俗子到圣贤，升级之路主要在于修持。

旅行就是一种修持。不知从何时起，旅游变成了一个被庸俗化了的、轻飘飘的词语。为了旅游而旅游，没有灵魂。赋魅之后的旅行，反而成了一种低调的奢华，在时间和空间上增加了思想的分量，连同景物及其承载的历史文明，于主客体互相关照之中，具有了哲学的深度。

为了创新，为了展示异域风情，作家喜欢旅行，并在作品中书写这一主题。劳伦斯的"原始朝圣"计划或许显得有点极端，但是可以理解。旅行对于作者或者小说中人物的价值观的重塑起到了至关重要的作用。袁先来教授在研究美国文学时说："文学中旅行主题力图表现的就是人寻找物质和精神上的家园过程中的体验。"总归指涉现实生活与精神世界的关系问题。与旨在娱乐放松、实则漫无目的的旅游相比，旅行的目的性比较明确。为了达成目的，必须做好准备，这意味着艰辛、付出、自找苦吃，面临着无法预料的逆境，探索未知，充满着冒险、不适与不安，甚至不幸。然而，最终报偿的绝不是太多人看过的、浮于表面的、审美疲劳的风景。

据史书记载，南朝时期有个叫宗炳的画家，此君"好山水，爱远游，西涉荆、巫，南登衡、岳，因而结宇衡山，欲怀尚平之志，有疾还江陵，叹曰：'老疾俱至，名山恐难遍睹，唯当澄怀观道，卧以游之'"。宗炳喜欢游山玩水，徜徉其中三十余年，晚年因老病实在走不动了，方才回到家中，仍然心怀山水，"澄怀观道，卧以游之"。此时，他的绘画技艺已臻炉火纯青之境，做到了艺道两进。

我啰唆得太多了。

刘纪先生的长篇系列游记散文《山是云的故乡》是长途旅游或旅行（没什么好纠结的）的产物。按上述啰唆，刘纪的这次旅行的性质发生了变化，其实这是一次文学之旅，是一场文化苦旅，更是叩问生命之旅、洗练灵魂之旅，也是澄怀观道之旅。

刘纪和他的夫人，还有两位摄影家朋友，一行四人，驾驶着私家车，从莫言的家乡山东高密出发，取道河南、陕西，进四川，穿越西藏、新疆、甘肃，然后折返陕西，再经河南回山东，历时三十九天，行程一万五千多千米，完成了一次说走就走的旅行。他们如同到西天取经的队伍，虽然不能说一路上降妖除魔，历经九九八十一难，但也崎岖坎坷，步步惊心，甚至险象环生，生死一线，幸而有惊无险，每每逢凶化吉，转危为安，最后行满功成，平安归来。

这部作品作为一个非虚构文本，吸引我的有许多方面。

系列游记散文，或者系列散文游记，容易写成毫无文采的流水账，倒是可以接受，写成过度美化的鸡汤文，则让人反胃。风景是客体主体化的呈现。作为客观存在的山川风物本无取悦人的动机，将其视为审美对象之后，便"皆著我之色彩"。风景绝不仅仅是你眼中所见。风景有层次，也有欺骗性，有时候它是一种假象，有时候它蒙着面纱。而一个人在欣赏风景并诉诸笔墨的时候，往往经过了审美思维、思想情感、记忆、技术等环节的层层过滤或修饰，不复可信。刘纪在相当程度上为我们呈示出了风景的真相，或者表情。优美的景色、美食，都是题中应有之义，泛泛而谈，只说好看好吃好玩，是浅薄的。作者发挥了摄影师的特长，记写风景的时候试图原原本本地将它们统摄。当然他也有自己的视角、焦点以及镜头使用技巧，还有后期处理。摄影作为艺术非常复杂，苏珊·桑塔格曾指出其严重的"美学化倾向"，"使得传递痛苦的媒介最终把痛苦抵消"，"相机把经验微缩化，把历史变成奇观"，"摄影的现实主义给认识现实制造了混乱：在道德上麻木，在感觉上刺激"，等等。作者采撷的风景充满着客观理性，同时也蒙上了审美浪漫主义的色彩。浪漫主义，不是理想主义。许多旅游文字都是先入为主，不分善恶美丑，夸大高光时刻，模糊晦涩背景，美颜功能一开，遮蔽了美中不足或者中性的方面，强颜欢笑，弄虚作假。相较而言，刘纪是真诚的，没有被预设的情感所蒙蔽。例如，他们去川西的香格里拉，不仅目睹了大山的高峻挺拔和美丽圣洁，也切身感受到了气候的冷酷，觉察出景区的闭塞与冷落，以及在大巴司机催促下留下了不能尽兴的遗憾。艰难曲折，欠佳的感觉，败兴的氛围，其实无害于雪山的神圣，更能衬托出周围地理风光的绝美。

刘纪在对自然景观进行客观描写，把握其基本审美属性的同时，注重挖掘人文景观的历史背景和文化附着。独特的自然景观和人文景观，决定了独特的地方文化、民族文化，以及原住民的意识文化。刘纪此行可谓经山历海，也许是兴趣使然，他喜欢探究自然地理的成因，惊叹于地壳运动、海拔升降、沧海桑田的神奇变化，迷恋于观察地质、地貌、气候、生物物种等的特点。每到一地他都提前做好功课，然后在实践中进行验证。因为兼具人类学、博物学、艺术学等意识，刘纪的散文是可读的，也溢出了文学范畴。刘纪是一个身高一米八九的大汉，但是他的文字却刚柔相济，有一种"清水出芙蓉，天然去雕饰"的风格。他在拉姆拉措地区，人在山脚，近在咫尺，却是可望而不可即的严峻形色。他谈到国家登山队在这个高度进行适应性训练，谈到圣湖的神秘；在攀登过程中，左手边茂发各种绿植，右手边流淌着波光粼粼的浅溪，看招蜂引蝶，遇藏羚羊角斗；他们望山而上，以白云为向导，互相扶持，走走停停，吸氧续命，艰难跋涉，终于成功登顶；眺望回看，自我席卷其中，天地有大美而不言。他写南伊沟、羊卓雍措，篇篇至美，但从来不是静态的凝固的美，而是善于写变化，并融合了地方风情。在日喀则、喀什、亚东等地区，他力图打开窥知它们的具有强烈吸引力的视窗。旅行是真实而直接的经验模式，带给人们的是"陌生化"的感觉效果，令人惊异。刘纪记录的风光，陌生的、新鲜的、超俗的、古往今来的文明必然会对旅行者造成冲击。面对冲击，可以震撼、认同或折服，也可以选择不接受，或者批判。

游记散文说到底是一种"时空体"的多维艺术。空间位移，时间游走，绝不是单向度的。刘纪谙于此道，所以多写自然与人文。我们是俗人，在旅行中止于"观乎天文""观乎人文"，也就足够了。然而走马观花还是比较初级，难有境界。很多时候也是不得已而如此。刘纪看景写景，常常是在"有我"与"无我"之间转换。王国维论之甚明，他还说："无我之境，人惟于静中得之。有我之境，于由动之静时得之。故一优美，一宏壮也。"这是两种风格的景色。在匆匆行走与暂时逗留的张弛节奏中，刘纪写景、状物、叙事、记人，皆能得之。

刘纪的文字有温度，饱含感情，虽然天涯海角，绝顶的景物竟然也能引起他的共鸣和共情，勾起他的回想与记忆。谈到西藏的天气时，他将之与家乡山东麦收时的雨季对比。多次遇到部队官兵拉练演习，让他想起了自己的从军生涯。奔向世界屋脊的时候，又开启了一段冒险之旅，兴奋之余，或者在困境之中，往往会沉湎于怀旧，想起家乡亲人。在西藏仲巴县的帕羊小镇，他记下了一个给当地小孩分巧克力的温馨场面，他写道："他们活泼可爱，天真无邪的眼神使我想起我的童年。无忧无虑的孩童时代已一去不返，想来心有无限惆怅。"接下来，面对高反的严重威胁，刘纪又谈到自己当兵时是篮球队员，当年身体倍儿棒，如今却无能为力，艰于呼吸。在路上，他们互相照顾和鼓励，让他回忆起和小青做同事的过往。宿住旅店，山风凛冽，让他回想起数十年前一次狂风呼啸的深夜，父亲在外地工作，只有自己和母亲在家，为了抵御暴风雨的肆虐，堵窗户窟窿，母亲的手被划破鲜血直流的情景。"山是云的故乡"，让我再次思索这个题目。山是屹然不动的（当然也在动，相对运动，或者动得极其缓慢），而云是变动不居的（也有相对静止，短暂停留）。任尔漂泊多远，游子都不能忘记自己出走或升起的地方。

这些文字代入感极强，使人在阅读时总能身临其境，追随着刘纪的脚步和眼睛，亦步亦趋，触目所及，仿佛自己也是一个同行者。之所以能够打动我，给我以期待，除了风景佳美，还在于刘纪高明的叙述技巧（也可能是一种本能）。说它高明，是因为这是一种无技巧的技巧。旅行线路是连续的，提前规划好的，也包括临时变更的想法。但在从未遭逢过的旅途当中，这一切都是不可预知的，存在不确定性，充满了变数。对于即将到达的地点的预报、瞻前顾后的流连往复、惊险造成的延宕，持续地向外输送着一股强劲的牵引力量。刘纪善于制造悬念，而真正的悬念是旅途本身的艰险程度。因此，这部游记也可以称之为历险记。还是在拉姆拉措，刘纪他们一再出现身体透支、高原反应、供氧不足的危险征兆，这些征兆在此后高海拔地区的游览过程中，像挥之不去的幽魂，始终笼罩着他们。这一路充斥着太多的不祥，多变的天气、不可测知的山水、一条条烂路、危及生命的高原反应、孕妇丈夫求救的情景、路上被遗弃的私家车、波谲云诡、万丈深渊，让人为他们捏一把汗。在《我为你而狂》《艰难的历程》《"胜利大逃亡"》等篇什中，能够看到旅行者惊心动魄、大喜大悲、陷于沮丧，甚至绝望的真实状态。付出的代价和收获的馈赠是成正比的，新鲜的刺激、巨大的欢愉、从未有过的成就感，诞生于挑战极限和冒犯神圣的危险之境。

因此，在这部长篇游记中至少存在两个鲜明的主题，或者叙述线索：一是追寻，二是护生。追寻什么，无非是没有看过的风景，是传说中的以及不期而遇的胜景与神迹。另外就是心灵的朝圣，需要通过拜谒具有象征意味的寄托物来实现精神上的满足与丰盈，解除或者减缓心理困惑、精神危机或疾病，获得宽慰、拯救、升华。稍微深入一点，人一旦遭遇艰险，置身于陌生环境，容易产生孤独感，便会遐思玄想，显得深刻了。终极是为了寻索某种意义。它的指向不是虚无，而是当下生活，至少可以为自我的现实人生获得幸福的指引。朴树在《平凡之路》中唱道："我曾经跨过山和大海，也穿过人山人海；我曾经拥有着的一切，转眼都飘散如烟；我曾经失落失望，失掉所有方向，直到看见平凡，才是唯一的答案。"人不可能永远居于峰巅，高处不胜寒，最终还是要走下来，归于平凡平淡。不过，觉悟了的人会对庸常产生全新的认知，脱胎换骨。所谓护生，前面已经有所叙述，是对生命的呵护，这里体现的是人对自我主体的关照。在生死时速的境域中，这种生命体验绝对是刻骨铭心的。

苏轼在《赤壁赋》中说："惟江上之清风，与山间之明月，耳得之而为声，目遇之而成色，取之无禁，用之不竭。"以景娱人也。邵雍在《皇极经世·观物内篇》中说："夫所以谓之观物者，非以目观之也，非观之以目，而观之以心也；非观之以心，而观之以理也。"以目，以心，以理，以认识世界万物也。旅行，或者旅游，"以我观物"也好，"以物观物"也罢，都还好办，我觉得重要的是"以物观我"。辛稼轩词云："我见青山多妩媚，料青山见我应如是。"即包含了物我互相关照的意思。

刘纪是一位摄影家，兼事写作、绘画、收藏，还有我不知道的其他特长。多重艺术身份以及丰富的人生阅历，使得他对于此次"西游记"的记录与其他众多自驾游的拍照打卡、散片记录相比不太一样，显示出了他的独特性。摄影家信奉行走无疆，精神自由是其一，还要充实人生，在行走实践中获得真知，悟得大道。旅行不仅是空间位移，人生也不是线性结构。我来，我见，我胜。人生就是走过哪些路，看过哪些风景，结交过什么人，做过什么事，最终留下了什么。人的经历越多，走过的路越长，思考越深，他所看到的风景承载也越繁复，当然，他的作品也越加饱满生动，深沉蕴蓄。从中我能感受到元气充沛，跟其坚定的步履是一样的。

对于刘纪他们来说，此次旅行是不可重复的，很难再有一次。简单地游山玩水，亲近自然，寄情于山水之间，过于轻浮。通过旅行，他们感遇、摄取、体悟，与过去时光进行比照，对当下生活加以考量，对未来人生寄以祈望，或许会颠覆，并重新建构。收获最大的是旅行者本人，这不仅仅是一种洗礼，生理和心理的双重成长、成熟，而且提供了对自我身份定位、生活方式、人生价值、精神观念等进行反思、修正、再造，甚至重启的可能。

刘纪的家乡高密，是一片神奇的土地。也许是风水使然，也许受了古人时贤的熏陶，文事大盛，搞创作的人为数不少，其中不乏杰出者。刘纪写出这样的文字，我并不感到特别诧异。他从东方大海边出发，走向西南、西部、西北，走向世界屋脊，走向雪域高原，走向沙漠草原，辗转三万里，又回到东土，回到大海之滨，回到家乡的据点。始于雄心壮志，游于青山白云，归于平静美好，这是一种英雄主义，也是一种浪漫主义，也是当代游记散文中最宝贵的两种主义或精神。

王万顺

2022年1月28日

（王万顺，鲁东大学张炜文学研究院副教授，中国作家协会、中国文艺评论家协会会员）

目录

一 放飞梦想

二〇一九年六月十一日早晨，我推开窗户，一阵清风扑面而来。空气清爽，夹杂着麦秸香——此时正是山东半岛收割小麦的季节。往年，这个季节最容易连阴天，但今天看来是个好天气。

天公作美，经过一个多月的准备，我们四人终于在早上七点正式向着盼望已久的西藏出发。在启动马达时，我下意识地瞥了一眼驾驶台，里程表显示四万三千〇二十九千米。我随手拍下这一数字，以便在结束西行旅程后计算我们的总行程。

本来，海哥建议早上六点出发，却因我爱人临时找不到边境通行证而耽误一个小时。意想不到的不仅如此，本来这次西行共有两部车七个人，却因那辆车随员家中有突发事情不能前往。也许好事总伴随着意外发生，但我们不得不考虑我们是否应按原计划出发。多日来忙忙碌碌，就是为了这一天，撩起来向西进发的心已经按捺不住，我们在反复权衡后，毅然决定单车出发。

我们驾驶的汽车是我爱人平时开的轿车，白色，我们叫它"大白"。尽管我在出发前强调行李不要带多，要少而精，够用就好，但装车时还是把后备厢塞得爆满。三只摄影包没地方放，只好放在后排两位女士中间。

我们带着满腔热情，带着对那片圣土的向往，带着亲人们的嘱托，向着那个缭绕在我们脑海中久久不去的地方——西藏进发了。

出行的过程也是不断修正计划的过程。当被告知那辆车不能去的第一时间，理智让我重新评估我们能否单车去西藏。

临行前，我们四人合影留念。从左至右：海哥、我爱人、小青、我。身后是"大白"。小青供图

　　去西藏，然后绕道新疆返回，是我的夙愿。二〇一七年七月，我们曾组团从新疆南部进疆，到达喀什东一百余千米后北越天山，从新疆北部一路向东返回。新疆广袤无垠的戈壁，蜿蜒起伏的沙漠，一望无际的草原，蓝天白云下的羊群，都在我的生命里留下永久的印记。当时我就想，在夫妻两个人的世界里，尽量不要在审美上拉开距离，这是两个人和谐生活的基础，今后有机会一定带爱人走一遭。

　　从哲学角度讲，人生不过百年，但我们可以用空间去换取时间的延长。有的人，虽然活了八十岁，但一生平庸，虚度光阴，其一生只是让时钟陪他转了八十年而已。而有的人，一生勤奋，经历丰富，虽然只活了六十岁，但他的生命历程却绚丽多彩，他的生命也就相对延长了。我们在医学还没有达到使人长生不老的今天，尽可能多地去体验生活，无异于用空间换取时间，加大了生命的宽度。

　　去西藏，我估算需要四十天左右，必须做好万全准备。现在社会上流行一句话：来一次说走就走的旅行。这句话，对短途旅行来说能激起我们旅行的欲望，但对于长途旅行尤其是要踏上具有世界屋脊之称的青藏高原来说，无异于是对生命的亵渎和蔑视。我们四人平均年龄六十岁，对青藏高原无一人有切身体验，沿途海拔多为四千多米，甚至超过五千米，空气稀薄，含氧量不足。所以，我们必须做好充分的物质和心理准备。

我首先逐一评估了我们一行四人的体能。我，虽然心、肾各有疾，但都可控。最大的自信，是来自四十多年前在部队受过篮球训练和游泳训练。高强度的篮球训练和一个月的加强游泳训练，使我拥有大肺活量和一定的缺氧忍受力。爱人，虽然年逾六十，但得益于良好的基因，身体一直比我健康。刘海（我们称其为"海哥"），虽已六十有四，但也凭一身当兵时练就的身骨在摄影圈一直被誉为壮劳力。闫小青（我们称其为"小青"），五十有三，正是好年华，体质好，又乐观。

身体素质是必不可少的条件，精神状态也是考量的因素之一。除爱人是被动服从外，我们三人都对西藏之行铆足了劲儿，犹如请缨上战场的战士，个个意气风发，斗志昂扬。变幻莫测的气候、辽阔的天空、奔腾的江河、雄伟的布达拉宫、神秘的寺庙，无一不在向我们发出诱人的召唤，挑动着我们那根跃跃欲试的神经。逐个评估后，我得出的结论是：我们四人可以出行。

物质准备也是必不可少的。衣服自不用说，药物也很重要。除要带上自己正在服用的日常药物外，还要考虑有可能发生的病情用药，如感冒、腹泻、皮炎、外伤、疼痛。小青的爱人做医药生意，这为我们西行的药物准备提供了便利。浓缩液体葡萄糖和便携式氧气筒等，都是小青爱人想到的，并且主动帮我们准备好。这些东西竟派上了大用场，这是后话。

这次出行，我还特意带上了两件物品。一件是一双黑布鞋，这是三十九年前我从部队退役时带回来的。当时从部队带回来的衣服、鞋、帽、背包带等大多被他人要去，唯有这双黑布鞋伴我走过了三十九个春秋，虽然旧了，但我一直不舍得扔，因为它是我从军生涯唯一的纪念物。这次去西藏，穿上它，开车轻便又养脚。更重要的是，它使我重温当兵的感觉，用当年部队"一不怕苦、二不怕死"的精神，鼓励我完成人生又一次历练。第二件物品，是我父亲的遗物——一副茶色眼镜。这眼镜，还是父亲有眼疾时三弟从济南给他买的，为了让他遮光护眼。后来，父亲说这眼镜太洋气，不适合老年人，就给了我。我一直没有戴它，父亲去世后，我把它作为父亲的遗物进行了收藏。这次西行，我带上它，就好比带上了父亲，或者说带着父亲的双眼，让他也看看生前没有去过的西藏——这是我当儿子的心意。

按照计划，今天的目的地是一千二百千米外的西安。

说话间，我们已经奔驰在河南地界上。汽车向前奔去，树一排排向后掠过。河南的麦收比山东早，现在河南麦收已过，一望无际的麦田只留有黄色的秸秆残渣，远远望去像黄金撒满了大地。干燥的空气携带着麦秸气味顽强地穿过汽车换气孔漫进车内，显示着春天的过去和初夏的到来。这是一年中最好的季节。

中国的地名，往往以所居位置而命之，如山东、山西、陕西、湖南、湖北。河南，因地域大部分位于黄河古道以南，故名河南。在很早以前，我们的地球有一个比现在温暖得多的时期。那时，黄河古道还没有向北流淌，黄河中下游河流纵横，森林茂密，气候适宜，是野象的快乐家园。河南简称豫，"豫"字是形声字，可以印证古时河南曾是野象的家园。

任何文明的起源都离不开江河，如美索不达米亚文明就位于底格里斯河和幼发拉底河之间的美索不达米亚平原上，黄河和长江孕育了中华文明，尼罗河产生了古埃及文明。河南居于黄河流经的中原，孕育了光辉灿烂的文化，历史上多个朝代在这里设都，如洛阳、开封、安阳、郑州等就先后是周、汉、魏、晋、隋、唐、宋、金等朝代的都城。文字是文明的载体，我国最早的文字甲骨文就在安阳出土。豫剧是河南的地方戏，是中国五大剧种之一，它以唱腔铿锵大气、吐字清晰、生动活泼著称，因其音乐伴奏用枣木梆子打节拍，故豫剧又名河南梆子。

河南地处中原，论土地面积是我国的一个大省。自古以来，由于黄河携带大量泥沙，河床不断抬高，黄河下游多次决口多次改道，使河南东北部成为一望无际的冲积平原，这为河南成为我国的粮仓提供了可能。

车轮飞奔在梦想之上，思绪在激情中飞扬。四人处于初行的亢奋之中，有说有笑，脚下的油门不由得加大，这为几天后收到西行第一次，也是唯一一次超速罚单埋下了伏笔。

晚上九点，我们在西安下高速，行程一千一百五十千米，用时十四个小时。

推开酒店窗户向外望去，西安市区万家灯火。西安，一座美丽的城市，是我国西部一座重要的历史名城，先后有十三个朝代在此建都。时光在流转，时代在替换，中原和西南一直是中华文明的中心。西安留有大量的历史古迹，如兵马俑、华清池、骊山、秦陵、乾陵、法门寺、汉阳陵、永寿公主墓、大小雁塔、钟鼓楼、明城墙、碑林、书院门、城隍庙、大明宫遗址，皆为游览胜地。三十年前，我去成都参加全国糖酒商品交易会曾路过这里，对兵马俑、秦始皇陵、华清池、兵谏亭等主要景点都游览过，所以这次西行没有将西安列在计划之中，只是路过。

天高路远，明天将赶往进藏的桥头堡——成都。

二〇一九年六月十一日于西安初稿
二〇二一年八月三十日于听涛轩整理

二 前方是成都

昨天驾车行驶近一千二百千米，用时十四个小时，这对于年轻人来说也不算轻松，看来还不能说自己老了。时光毕竟是最公平的裁判员，今早起床后还是感觉全身酸软。仗着一腔"远方在呼唤"的热情，吃过早饭，八点我们又踏上了奔向成都的征途。

今天天气仍然很给力，艳阳高照，晴空万里。西出西安进入秦岭，路在山间盘绕，绕不过去就钻洞。此段路几乎没有过百米的直路，也几乎没有一段实体路基，大部分路面都是混凝土高架而成。在这样的路上开车，必须全神贯注，不可有丝毫懈怠，这对司机的体力和脑力都是一种考验。

我们脚下的路史称"蜀道"。蜀道途经的山是万重山，河是千百条，兽难行，鸟难飞，若不是借助现代交通工具很难想象跨越它的艰难。唐时，西域的李白不远千里、千辛万苦来到蜀地，卸下包袱，解下佩剑，长舒一口气，叹道"噫吁嚱，危乎高哉！蜀道之难，难于上青天！蚕丛及鱼凫，开国何茫然！尔来四万八千岁，不与秦塞通人烟"。这首诗真实地反映了"蜀道之难，难于上青天"！李白感叹蜀道难不仅源于亲身经历，也源于历史。三国时，刘备在诸葛亮辅佐下，据险一方，方才形成三国鼎立的局面。诸葛亮在《出师表》中说："今南方已定，兵甲已足，当奖率三军，北定中原，庶竭驽钝，攘除奸凶，兴复汉室，还于旧都。"蜀道的阻隔使蜀国得以养精蓄锐，如果没有蜀道，诸葛亮就没有恢复汉室的企望，这从一个侧面印证了蜀道之难。

汽车在逶迤的蜀道上艰难前行，穿梭中，竟然生出幻觉来。我用余光瞅了一下我们四人，脑中生出了《西游记》里唐僧师徒四人西天取经的情景。恍惚中，我们的"大白"就是那匹白马，而我们四人分别为唐僧、沙僧、猪八戒和孙悟空。想到此，我不禁哑然失笑。

从西安去成都需穿过秦岭。走秦岭说秦岭，秦岭被分为狭义上的秦岭和广义上的秦岭。狭义上的秦岭，仅限于陕西省南部、渭河与汉江之间的山地，东以灞河与丹江河谷为界，西止于嘉陵江。广义的秦岭，西起昆仑，中经陇南、陕南，东至鄂豫皖，是长江和黄河流域的分水岭。由于秦岭南北的温度、气候、地形均呈现差异性变化，因而秦岭—淮河一线成为中国地理上最重要的南北分界线。

在这逶迤起伏的山脉上，有众多名山，如终南山、华山、太白山、玉皇山、摩天岭、东老君岭、翠峰山、首阳山、牛背山、翠华山、万华山、云台山、五凤山、凤凰山、将军帽、骊山、龙山、天台山、四方山、九华山、书堂山、玉皇顶、秦王山、大天竺山。其中，秦岭主峰太白山，海拔三千七百七十一点二米，位于陕西省宝鸡市境内。这些山如果有心人按图索路，每座山走一遍，那也不失为一个好的旅游规划。就像集古币，有的藏友今天买一个这样的，明天买一个那样的，全无章法。如果有资金实力，我建议从原始社会的贝币开始，到秦朝统一前的七国钱币，再按照历朝历代的顺序去集。这样思路清晰，有的放矢。如果照此集全，那就堪称钱币博物馆的规模了。集古币如此，旅游也可如此。其实旅游像写文章，也有逻辑可寻，或海洋、或高山、或沙漠、或文化、或美食，形成一个个主题，就可以有不一样的人生感受。旅游是在玩，但完全可以玩出个不一样来。人生平庸无足惜，但求聪慧方留名。人生，因为智慧，才显得绚丽多彩。

透过车窗远望，山峦叠翠，参差不齐，延绵不断，不禁怀疑苏轼的"横看成岭侧成峰，远近高低各不同"是否为秦岭而写。秦岭的恢宏和俊秀，每年吸引了很多画家、学生前来写生。

我们绕啊绕，花费近三个小时终于来到汉中平原，秦岭南麓那铺天盖地的翠绿，令人震撼。初夏的岭南，万木葱茏，鲜绿色的稻田如地毯般铺在大地上。稻田里，不时飞起三两只白鹭，俏皮地落在水牛背上歇息。白色的两层农舍散落田野，仿佛遗留海边的贝壳，在绿色田园里显得分外幽雅，更显示着当地的富庶，也印证了"自古汉中多富饶"的佳话。

汉中平原和关中平原不同，准确地讲，汉中平原是汉水谷地。它位于汉江上游，秦岭和大巴山之间，因主要分布在陕西省西南部的汉中市境内。汉中平原不但降雨丰沛，且冬无严寒，夏无酷暑，山清水秀，物产富饶，民风淳朴，被誉为西北的小江南。

从一九九五年取得驾驶证以来，我首次长时间行驶在这既优美又充满挑战性的路上，从容中带着些许惶恐。幸亏出发前我特意戴上一副线手套，使紧握方向盘的双手不至于因流太多的汗而打滑。两位女士也被大自然的景色所感染，兴致勃勃，一直说笑不停。而海哥，一直注视着前方，不动声色，抑或牵挂家中的嫂子，抑或考虑美篇的写作。这正像《西游记》里那师徒四位，尽管大目标一致，却各有各的故事。

晚上七点，太阳的余晖终于退去最后一抹绛红，前方出现点点灯火，成都近了。晚上八点半，我们到达成都都江堰，下榻如家酒店。今天行程八百千米，耗费十二个半小时。

两天的行程，连海哥坐车都感觉有点累，我这当司机的腰背自然有些酸痛。我们安顿好住宿，找一饭店坐下，昏黄的灯光里，海哥四两高度白酒落了肚，所有的劳累都飘到九霄云外。成都的气温自是比北方热，回到酒店后我打开空调，让徐徐的凉爽空气洗去一路疲惫，但无意间让海哥着了凉。明天计划休整一天，备一下粮草，游一下都江堰，调整一下情绪。小青说要多待一天，看看宽窄巷子，拍拍彭镇茶馆。"有的是工夫，有的是希望。"我不禁脱口说出朱老爷子这句话来。

是啊，人生之路还很长，正像我们西行的路。

二〇一九年六月十二日于成都初稿
二〇二一年八月三十日于听涛轩整理

三 桥头堡上的呓语

青藏高原被称为"世界屋脊"。特殊的地理位置，使青藏高原进也难，出也难。目前，去西藏有七条路线，即川藏南线、川藏北线、青藏东线、青藏西线、滇藏东线、滇藏西线和新藏线。从黄河下游以北地区进藏一般选择川藏线或青藏线，返回一般也是选择上述两条线路。我们这次进藏选择了川藏南线，返回首选新藏线，如果身体不允许，即从青藏线返回。

昨晚就把今天规划为休整日，又加上两天的劳顿，早晨我们都起得很晚。进藏走川藏线的旅行者，一般都会选择在成都休整一两天，把这里视为桥头堡。

桥头堡，是指设在桥头上的像碉堡一样的装饰物，或为控制重要桥梁、渡口而设立的

爱人和小青走在安澜索桥上 刘纪摄影

碉堡、地堡，后泛指进攻的据点。人生的道路上也有桥头堡。初中是高中的桥头堡，高中是大学的桥头堡，要利用优势，打好基础，厚积薄发，以成就自己。挫折也是人生的桥头堡。面对挫折，应甩掉悲观，磨砺尖刀，等待冲锋的号角。我的前半生，经历坎坷，有时几乎到了破产的边缘。每当困难来临，我都以"桥头堡论"勉励自己，最终克服困难，走出低谷。

像大多数旅行者一样，我们选择的进藏桥头堡也是成都。

成都，是一个让人流连忘返的城市。记得第一次来成都是一九九〇年春天来参加全国糖酒商品交易会。它的市容、它的美食、它的文化使我难以忘怀。后来又来过一两次，每次来都有新的收获、新的记忆。

成都，地势平缓，农业发达，物产丰富，属亚热带季风性湿润气候，自古享有"天府之国"的美誉。成都也是国家历史文化名城、古蜀文明发祥地、中国十大古都之一。

成都美食甲天下，坊间有"吃在成都"一说。在全国八大菜系中，除鲁菜的东部菜系外，我最中意的就是川菜。川菜取材的大众化和它那麻辣香的鲜明风格，无不挑动着过往食客的味蕾。三十多年前，我与三弟在外地从事装修行业，三弟爱吃川菜，我就跟他一起去，什么酸菜鱼、鱼香肉丝、麻婆豆腐、夫妻肺片、香椒牛肉、干煸肉丝、蒜泥白肉，就是在那时吃上了瘾。后来在我的感染下，我的爱人、女儿和周围的朋友都成了川菜的忠实粉丝。

成都的早晨，阳光灿烂，奔腾的岷江把丰富的水分子带入空气中，使空气弥漫着暖嘘嘘的温润气息。在阳光的照射下，仿佛能看到空气中的水分子如肥皂泡般晶莹。在北方，早晨还有些清凉，但在这里可以实实在在地穿短袖衣服了。不过，今天我们要去都江堰，是室外活动，不得不穿上长袖T恤，防止晒伤。

都江堰风景区规定，六十岁以上的人无须门票，可以直接进，这反映了当地政府为民着想、为民办事的好风范。

都江堰始建于公元前二百五十六年，是秦国蜀郡太守李冰与其子率众修建的大型水利工程，由鱼嘴、飞沙堰、宝瓶口等部分组成。两千多年来，都江堰一直发挥着防洪、灌溉的双重作用，至今灌区已达三十余县市，面积近千万亩。都江堰是全世界迄今为止年代最久、唯一留存、以无坝引水

奔流的岷江　刘纪摄影

都江堰宝瓶口　刘纪摄影

干脆自己当起了模特　刘纪摄影

为特征的宏大水利工程，是中国古代劳动人民智慧的结晶，是我国宝贵的文化遗产。

进得景区，映入眼帘的是国务院确认此景区为"国家重点风景名胜区"的石碑，游人争先恐后地在此排队留影。我们沿主干道径直向前走去，脚下是花岗岩石板路，路两旁是茂密的树木，间有李冰父子及其他历史人物塑像。景区景点主要有伏龙观、二王庙、安澜索桥、玉垒关、离堆公园、玉垒山公园、玉女峰、灵岩寺、普照寺、翠月湖、都江堰水利工程等。两千多年前古人智慧的结晶，今天仍令人震撼。

今天下午的主要任务是购买食品。我们重新统计了进藏需要的物品，又购买了方便面、牛奶和矿泉水等。矿泉水纸箱被拆开，矿泉水被分散放在行李的空隙里，以免占太多空间。水和牛奶是必需品，方便面后来被换成了苹果。这三种物品在今后的旅途中为维系我们的生命做出了重要贡献。

这一天过得散漫、放松，尤其是晚饭前去附近广场"扫街"的经历更令人愉悦。本来嘛，出来就是放松心情的。

"扫街"，是我们摄影人遛街拍照的戏称。见太阳还高，吃晚饭还早，我们拿上相机到位于宾馆南侧的小广场"扫街"。小广场处于交叉路口旁边，呈南高北低斜坡状。一排用不锈钢制成的城市雕塑有序排列，在夕阳余晖下显得豪气大方。来到人家的城市，看哪里都顺眼、都美好。我们先是利用雕塑搭配周围人物进行拍摄，后来，我们干脆自己当起了模特儿，拍了个淋漓尽致。尤其是小青，因着出发前海哥答应给她拍一百张照片的许诺，左拍一张右拍一张，把海哥累得满头大汗。

晚饭时，海哥感觉不舒服，也没有喝酒。我暗想可能是昨晚的空调凉风让他着凉了。感冒是进藏的大忌，海哥能行吗？

我们站在桥头堡上，以忐忑不安的心迎接未卜的未来。

二〇一九年六月十三日于成都初稿
二〇二一年八月三十日于听涛轩整理

四 去看贡嘎山

今天是西行第四天，却有了些远离故土的落寞和惆怅，也许周围的一切已变得陌生才会产生这种感觉，人的心境总会受环境的影响。

摄影人，尤其是喜好人文摄影的人，如果来成都不去拍一下成都彭镇的茶馆，实在有些说不过去，因为彭镇茶馆已经成为一个地标、一个摄影人打卡的地方。其实，我在三年前已经去拍过，但海哥和小青没去过。彭镇近在咫尺，不带海哥和小青去一次，于心不忍，遂决定先去彭镇茶馆走一趟，然后奔赴泸定桥。

南方的天气，喜怒无常，昨天还是阳光明媚，今天却是云絮层叠，空气潮湿，似有雨要来。

现在真是便利，有了导航，配合地图，不长时间我们便来到彭镇观音阁茶馆。刚停下车，蒙蒙细雨便纷纷扬扬落下，洒在脸上凉凉的。

彭镇观音阁茶馆位于成都双流区彭镇杨柳河畔，是一座拥有百年历史的老茶馆，也是远近闻名的摄影地，吸引了无数国内外摄影人前来摄影。老茶馆现已被列为成都第五批历史建筑保护名录，所以，茶馆尽管破得不能再破，却没人舍得拆。不仅店老板靠它赚钱，当地政府也靠它挣些名气。相传，距今约一百五十年前，彭镇突遇大火，几乎将整个小镇化为灰烬，唯有此处幸免于难。镇上居民传其有观音庇佑，故而得名"观音阁"。但也有另一说，老茶馆原址为观音庙，民国初期被用作茶铺，所以当地人叫它"观音阁"。不管哪种传说正确，现主人李强把它经营得有声有色、红红火火是不争的事实。邻里乡亲在这里喝茶聊天，有自己的座位，有自己的茶杯，喝出了文化，喝笑了时光，喝尽了岁月。喝着喝着，一些人走了，又有一些加入，老店的座位始终不曾空闲，真可谓"铁打的茶馆流水的客"。

现在的茶馆，与三年前相比，在茶馆外面喝茶的人多了。在大红色太阳伞下，老人们三个一堆，五个一帮，或闲聊，或下棋，或打牌。同样是老人的服务员进进出出，提着从煤灶上刚拿下来还冒着热气的水壶给顾客们添茶倒水。岁月静好，也不过如此。

室内，光线黯淡，茶客稀少，不同颜色、不同风格、或木制或竹制的座位静静地在那里感受孤独，等候它们的主人来临。茶馆的土质地面，已被踩得油光发亮，这不由得让我想起了童年。半个世纪前，家家都是土地面，我家门厅也是这土质的。后来结了婚，单位分了两间青砖平房，地面用砖铺就，踏在上面好似有了脚下生辉的感觉。

不知是哪年、哪月、哪位摄影人为这个茶馆拍了张照片使它出了名，店主人顺势利导，利用破屋、旧椅、老人和茶的有机组合，迅速使生意火爆起来。

我们找了一个角落坐下。本来屋内光线就不好，今天又是小雨纷飞，茶馆内光线更是昏暗。在茶馆内拍片必须用架子，海哥和小青忙碌一番，终于支好架子开始拍摄。一只小花狗跳上我旁边的竹椅，静静地趴在上面，想必这椅子是它主人常坐的，它在这里为主人占座。小狗不叫不闹，和我和睦相处。

上午十点多，小雨仍没有停的意思，我们收拾装备，启程向川西而行。自此，我们的旅程算是地地道道向西行进了。其实，目前我们还是非常盲目的，只是将拉萨设定成一个大目的地，中间的小目的地还在不断校正着。行间，好友李文波来信，建议我们顺道去海螺沟景区一游。在丈二和尚摸不着头脑的情况下，任何人的建议对我们都是有用的。我定好导航，直赴海螺沟。

从成都彭镇一路向西，途经雅安。雅安，四川省地级市，位于四川盆地西缘、邛崃山东麓，东靠成都，西连甘孜，南界凉山，北接阿坝，距成都一百二十千米，是四川盆地与青藏高原的结合过渡地带，是汉文化与少数民族文化的结合过渡地带，是现代中心城市与原始自然生态区的结合过渡地带，是古南方丝绸之路的门户和必经之地。在一九九五年西康省撤销之前，雅安曾为西康省省会。它是四川省历史文化名城和新兴的旅游城市，有"雨

经过一个冬天的藏匿，人们更愿意在室外感受适于肤温的空气和明亮的光线　刘纪摄影

茶馆外　刘纪摄影

室内顾客已经散去，店老板仍然在忙碌　刘纪摄影

城"之谓，素有"川西咽喉""西藏门户""民族走廊"之称。

遗憾的是，我们此次西行没有到此一游的规划，只是开车路过。不过，去西藏，哪能一次就好？只要去过一次西藏，它就给你添加了牵挂：没去的地方想去，去过的地方想看个够。

西出雅安，便进入山区。地势在升高，隧道也多起来，限速，车跑得比较慢。道路两侧完全是树的世界，绿色的海洋，除向前不断延伸的公路是裸露的，满目尽是绿色。这里的空气含氧量极高，人类几乎不用喘气，氧气就向肺里灌，如果在此养生倒是不错。但对于我们来说，这未必是好事。因为我们明天将挺进西藏，随着海拔的升高，空气含氧量将逐渐减少。所以，目前的高氧对我们不是施舍，而是娇宠。高氧后，我们将不得不面对更艰难的适应过程。

海哥服上感冒药后，病情得到控制，未有太明显的不适。他一直身体健壮，很少感冒，按照他的意思，不用服药感冒也会好，但在我们的劝说下还是服了药。两位女士还是沉浸在出游的兴奋中，虽有中间的行李阻隔，但一路上话语不断。

经过辗转穿越，耗费七个小时，终于到达海螺沟。原打算下午游完景点，北上夜宿泸定，不料景区下午两点半停止售票，我们只好选离景区不远的宾馆住下，既来之则安之。

这次西行，我们四位中有三位是摄影人，我以拍人文见长，海哥喜欢拍风景，小青刚入道。趁着景区门票售罄，四人便放下行李去"扫街"，这是此次西行首次真正意义上的"扫街"。

贡嘎山脚下的小镇独具风情，阳光柔和，空气中弥漫着山区独有的湿润气息。小镇位于贡嘎山南麓，毗邻景区南门，东高西低，颇具起伏感。小镇路面全是柏油马路，道路两侧大多是仿古二层小楼，外墙用木板搭建，刷上清油，显得干净利落，地方色彩浓郁。走在这样的环境中，人也有了精神，不免走路生风。

二〇一九年六月十四日于贡嘎山景区初稿

二〇二一年八月三十日于听涛轩整理

"穿越时空" 刘纪摄影

贡嘎山下的劳动人民 刘纪摄影

五　站在贡嘎山下

贡嘎山东坡的海螺沟有一个流传已久的美丽传说。很久以前，一位猎人去山沟里打猎，听到从丛林深处传出少女的嬉戏声。猎人寻声走去，拨开树丛，被眼前的景象惊呆了：温泉中，一群美丽的少女正在游水嬉戏。他以为自己眼花了，使劲眨了眨眼，哪还有什么少女，只看见一堆各式各样的海螺石。原来，这些石头采天地之灵气，吸日月之精华，修炼成了女儿身。她们经常在山林中歌舞欢笑，在温泉中嬉戏。后来，人们就叫这条沟为海螺沟。

传说毕竟是传说，但聪明的商人很会利用这一传说。他们先后投资十几亿元建成了集旅游、观光、度假、酒店、温泉等于一体的综合性风景区，不仅吸引了国内外大批游客、促进了当地经济发展，也为当地大量居民提供了就业机会。

海螺沟位于四川省泸定县磨西镇贡嘎山东坡，以低海拔现代冰川景观而闻名。巨大的冰洞、险峻的冰桥，使人如入神话中的水晶宫，特别是举世无双的大冰瀑布，高一千多米，甚为壮观。

海螺沟的早晨，天气清爽，我深深吸一口富含氧离子的空气，胸中顿感清透。我们住的宾馆靠近景区，所以我们早上七点半才不慌不忙走进景区。西行以来，这是首次登高山，我们担心冷，所以都添加了衣服。我们选择先去海拔三千六百米的一号观景台。从出发点需先坐景区大巴到转运点，然后再坐空中缆车到观景台。大巴车经过一个多小时的颠簸，终于把我们送达转运站。此时的我有些恶心，我以为是颠簸造成的，但却不知我已经开始高原反应（简称"高反"）了。

美丽的海螺沟　刘纪摄影

贡嘎山冰川　刘纪摄影

　　缆车在空中滑动，把大好风光撇在脚下独自向目标奔去。我坐过好多次缆车，每次坐缆车的感受也不尽相同。泰山上墨绿的林海、黄龙山上茂密而挺拔的雪松，法国铁力士山下绿色的草原，无不给我留下深刻而美好的记忆。在海螺沟的缆车上看到的，却又是另一番景象，高耸入云的青松、蜿蜒曲折的山道、浩荡的冰川、悬于绝壁的瀑布，从我们脚下划过，被我们一一检阅。

　　据当地人说，以往这个季节就是旅游旺季了，但今年旅游业不景气，游客稀稀拉拉，做生意的店家能揽到一个游客就非常高兴了。悠悠荡荡的缆车只载着我们四人，我们后面的缆车竟然是空的。镜头捕捉到后面那辆永远也赶不上我们的缆车，本来可能拍出一张非常好看的作品，但因为那缆车无人形不成呼应关系而拍出一张废片！好可惜，没有什么比这更令摄影人沮丧的了。

　　当我们上到海拔三千六百米高度时，我和爱人及小青都有点高反，气短，微头痛。记得二〇一四年我去法国铁利士山也没难受，虽然那山海拔三千零二十米，比这里低五百多米。我估计不是因为海拔而难受，是因为昨天途经山区的高氧气含量造成的。

　　海拔三千六百米，对于我们这些平原地区的人来说，是一种不小的挑战。我提醒大家注意放缓脚步，但海哥和小青仗着平时身体好，对我的忠告置若罔闻。

　　山是云的故乡，哪里有山，哪里就有云。海螺沟的空气中弥漫着淡淡的水汽，贡嘎山也被严密地锁在浓浓的雾中。我们支好架子，等待云开雾散的那一刻。

　　风似乎是拉幕员，慢慢将云雾的帷幕拉开，露出贡嘎山的英姿。它高昂着头，直立着身躯，上身覆盖着冰雪，俨然一位披着雪衣的勇士。云雾一阵密一阵疏，萦绕在贡嘎山周围久久不肯散去。

秋千自古以来就为女人所爱　刘纪摄影

爱人在海螺沟　刘纪摄影

看罢贡嘎山，我们沿山路根据指示牌进入原始森林。随着海拔的升高，阔叶林、针叶林、灌木林依次呈现在我们面前。走在山石小道上，阳光透过树叶撒下斑驳的光影，微风拂过慢慢地吹散了缺氧给我们带来的不适。正行间，两架秋千赫然出现在林中。秋千挂在大树上，非常牢固，人既可以用来小憩，又可以用来小乐，可见园区的人用心良苦。秋千自古以来就被女人所爱。在山东老家，每到清明节，人们除了扫墓外，还会到田野里赏花采春，女人们还去村内只有这时才制作的秋千架上荡秋千。这时，所有的男人都要靠边站。胆大的女人可以荡得很高，胆小的女人耐不住兴致也会到秋千上微微地荡。小青和我爱人看到秋千，立刻放下背包荡起秋千来。两人荡啊荡，欢快的笑声飞出树林。

人欢无好事，真是不假。当我们走出树林将要下山时，小青忽然惊叫起来——她丢了摄影架！那可是两千多块钱买的啊！大家劝她不要慌，一起回忆，可能丢在秋千架那儿了。说时迟那时快，小青和海哥飞也似的向秋千架奔去。没跑多远，看见从山上下来一位游客，手中提着一支架子。游客看着小青和海哥急切的样子，猜是他俩丢的，就物归原主了。

下午三点出景区，我们都感觉很累，我猜想这应该与缺氧有关。

海哥的风寒今天有些加重，这是因为他坚信自己身体好而不按时服药造成的。他的腰、肩也有些疼痛，想必是今天背着几十斤重的摄影设备上山过度劳累引起的。我让他服上自带的消炎镇痛药，症状得到缓解。

二〇一九年六月十五日于泸定县初稿
二〇二一年八月三十一日于听涛轩整理

六　泸定桥边的遥想

　　昨天下午从海螺沟回到住宿地时才下午三点，所以我们决定直接前往泸定桥所在地泸桥镇。

　　今天早上很从容地起床，望着窗外射进的一丝阳光，不觉满心欢喜。昨天还在贡嘎山上，今天却躺在泸桥镇宾馆的床上，这让我不由得感叹起自己的前半生。吾已年过六十，虽然还不到盖棺而论的时候，但毕竟土已至颈，再有三两锨土便可成为永恒。回望匆匆走过的人生路，到底应该将自己归为何类人？当兵时，写过报道，搞过创作，梦想当个作家，但机会惜逝。复员后，在机关干公务员，后又到国企当负责人。再后来辞职下海，为生存搏浪击水，更与原来的梦想相去千里。到知命之年方拾起自己的爱好——摄影、绘画和文学创作，始混个中国摄影家协会会员。现在，六十之外蓦然回首，方感一生庸庸碌碌，无立足之能耐，不免嗟时光之恍惚、人生之短暂。若是时间可以倒流，定当另写人生。只叹河水不可逆流，时光又怎能重来！

　　正叹着，海哥满脸汗水地走进屋来。他是早睡早起的模范，已经拍照回来了。我是能缩能驰，但慢节奏更适应我。

　　今天要游泸定桥，咱就先说说泸定桥的来历。清康熙年间，汉族和藏族的物质交流到了大渡河就要全靠渡船或溜索。清康熙四十四年（一七〇五年），康熙下令修建大渡河桥，经过一年时间，铁索桥建成。康熙皇帝御笔亲书"泸定桥"，并立御碑于桥头。

　　泸定桥全长一百零三米，宽三米，由一万二千多个大铁环相扣成十三根铁链，分别固定在两岸桥台四个落井里，其中九根铁链并排做桥面，四根分两侧做扶栏，全桥铁件重四十余吨。两岸桥头堡为木结构古建筑，飞檐琉瓦，风貌独特，系国内独有。

吃罢早餐，我们沿江边步行去泸定桥。

我们走走拍拍，不一会就来到泸定桥左岸。海哥和小青走在我前面，在桥头匆匆留过影后就一路当先走上了桥面。桥面就是一排木板铺在九根锁链上，大约两米宽，刚能容两人晃晃荡荡错过。大部分人是从这里走。主桥面两边，又各加了约三十厘米宽的辅桥，只有大胆的人和工作人员才敢从这边走。人站在桥上，不需要行走就晃晃悠悠像喝醉了酒，恐高者大约是不敢站在这里的。海哥和小青一路嘻嘻哈哈，早已落下我一大截距离。

我走在摇摆的桥上，战战兢兢，头皮发麻。低头向脚下看去，奔腾的大渡河水流湍急，轰鸣作响，卷着白色的浪花向下游奔涌。抬头仰望两岸，山势如刀劈，建筑物依岸而起，层层叠叠。恍然间，我仿佛听到昔日战马的嘶鸣、将士的呐喊，仿佛看到战车的碰撞和刀光剑影，仿佛闻到战火的硝烟味。此刻，读初中时老师讲"铁索寒"时眉飞色舞的表情出现在眼前。他原本是一个拘谨的人，讲到此处时夸张的表情让我觉得他是在用夸张的肢体语言引起学生的注意。现在身临其境，才感到此处真乃狭关鬼门。遥想当年红军至此，在生死关头十七勇士勇猛顽强，为红军拼出一条血路，实为惊天动地之壮举，当然，也就有了传遍世间的"飞夺泸定桥"。

历史由成功和失败写就。红军在此突破天险，后来一路披荆斩棘胜利会师，而石达开就没有那么幸运了。石达开是太平天国洪秀全的翼王，他在军机缠身、清军相拥之时，适逢小妾生子，又遇雨天，全军上下按兵不动大庆五天，以致全军覆没，石达开命丧泸定。如果他撇开儿女情长，冒雨西行，扩充军备，以图后起，历史也许可以重写。但脚下江水不可倒流，历史哪能假设？

游罢泸定，带着心中平添的些许惆怅和伤感，我们继续西行。根据好友李文波昨天的建议，我们下一个目的地是《康定情歌》的诞生地——康定情歌风景区。九点整，我们定好导航，一路直奔康定县。我以前只知道《康定情歌》是一首享誉世界的情歌，却不知道竟然有一个与情歌同名的旅游风景区，而且还如此的迷人。康定情歌风景区不仅是国家4A级旅游景区，还是

神秘的木格措　刘纪摄影

"天险"大渡河　刘纪摄影

泸定桥　刘纪摄影

"世界自然遗产"提名地。

车外，百米深的山涧让人胆寒，不敢久望。河水翻着浪花顺着陡峭河谷径直落下，在峡谷中带起一片水汽。随着海拔的升高，植物明显呈现阶梯分布状，最美的当数桦树和云松。

上到木格措，两位女士和我均有高反，气喘吁吁，头微痛，嘴唇发紫，恶心，唯有海哥不怕辛苦，始终背着他那套家当一路前行。下山时，我和爱人感觉有些累，坐大巴下山，海哥兴致未减，带领小青顺河步行而下，强健的体魄彰显无疑。当我和爱人下到二千八百米时，高反症状才有所改善。

木格措天气变化极快，常常是一日四时景，早晚不同天。清晨，雾锁湖面，银龙般的云雾在水面翻卷，会出现"双雾坠海"的动人景观。朝阳射向湖面时，波光粼粼，湖光倒影千变万化，令人眼花缭乱。午后微风拂面时，湖面上"无风三尺浪，翻卷千堆雪"。我们来得早，站在湖边的观景台上，遥望远方，水连着山，山连着云，天水一体，犹如来到天涯海角，静谧的时空好像要凝结一般。此时，从湖面上飘来阵阵湿气，明显地冷了。

我从木格措花一百四十元骑马上行，来到跑马山上。广袤的草原连绵起伏，一望无际，白云低得可以用手抓一把。偶尔有一只雄鹰从云中穿过，飞向远方。有一首诗这样描写跑马山的美丽：

远远看见母亲之鹰，

盘旋在落日的山顶。

五彩的经幡，

诉说着风的虔诚。

……

游完康定，我们决定继续西行去雅江。

西出康定三十里，要翻过折多山。折多山海拔达四千二百九十八米，是318国道进藏线上具有标志性的山，如果这座山翻不过，那后边的路程就更艰难了。对我们来说，这是有生以来第一次来到这样的海拔高度，心里没底，不免有些惶恐、忐忑。

车在山路上爬行，动力明显不足，也许是缺氧，也许是上坡时我继续开着空调所致。出发前一天，在北京居住的表弟回来看我母亲。按说，我应该多陪他几天，但已经确定了出发日期，我只好实话实说不能多陪。表弟提醒我，在西藏开车最好开空调，因为冷空气密度大，单位含氧量高。我觉得此话有理。于是，我们在翻过第一道山脊时就把空调温度调得很低。也许因为这几天有所适应，也许是用时短，当我们回望被甩在身后的折多山时，发现并没有发生高反。这让我们感到自豪，信心也自此开始大增！不管怎么说，我们顺利通过了第一道天险——折多山，去西藏的第一次考试合格了。

明天赶往理塘，然后去稻城、香格里拉。

二〇一九年六月十六日于雅江初稿
二〇二一年八月三十一日于听涛轩整理

七 香格里拉的诱惑

凡事不可过度——我不知这样说比我年纪大的海哥是否冒犯了他，反正海哥在成都服上我给的药后，病情好了许多。如果连服三日，稍加休息，腰痛肯定会好。可他仗着平时身体健壮，昨天又到了康定情歌风景区，首次近距离接触西行以来的好山好水，什么腰痛背痛早已抛到脑后，背负几十斤重的设备与小青顺溪而下十里路，还被小青缠着左一张右一张地拍照留念，今晨起来便腰痛加重。没等诉苦，就被我数落一顿，这还未进藏，就这病那病的，今后的路还长着呢。海哥脾气好，在事实面前，只得频频点头，表示今后注意身体。

今早本来打算八点出发，不料汽车电瓶老旧没电了，启动不了，只好让酒店人员介绍一处汽修厂，换了新电瓶才出发，耽误一个半小时。

出雅江西行，开始进入新都桥管理的路段。有一事令人非常疑惑，路遇好几处标牌，均明确标注"新都桥管理路段"。我们习惯地认为，这一段行程也就是几十千米，不想我们一路前行大半天也没走出"新都桥管理路段"。这可能与这一段路的险峻有关，当地人不得不单独标出，让行者注意。接下来我们经历的也印证了这一猜测。

以未知开始，探求未知，这大概就是自驾旅行的魅力吧。

西出雅江，海拔继续升高，空气也逐渐变得稀薄。我仍然开着空调制冷，使车内温度保持在二十一摄氏度，以保证有较浓的氧气。汽车在崇山峻岭中绕来绕去，对我的驾驶技术、观察能力、处理能力都是考验。汽车沿山体绕行，几千米或几百米就有一个拐弯，这就是著名的天路十八弯。进藏人

沿途难得见的平原被乌云覆盖　刘纪摄影

十八盘天路　刘纪摄影

海子山石河　刘纪摄影

普遍认为这是进藏首遇的险路，虽然我并不感到这条路有多险，但对大部分在平原开惯了车的人来说无疑是一次挑战。

来到山顶观景台，我提醒大家不要剧烈运动，且慢且行，避免发生高反。

脚底下的山，名曰剪子弯山，海拔四千六百六十八米。俯瞰山涧，十八盘天路弯弯曲曲，像一条丝带缠绕在山上，一头连着我的脚，一头连着山脚，我这才发现我们走过的路是多么壮观。人，有时身在其中不知其境，待到回首往事，才蓦然发现人生之壮美和艰辛，眼下此情此景不正说明这点吗？

　　时下，这条进藏的路上人还不算多，在山上观景的也就二三十人。用汉白玉制作的藏塔在阳光照射下，发出雪白的光。这是我们西行以来第一次见到如此漂亮的藏塔。五彩旗在山风中发出猎猎的声响。观景台用木板搭建，中规中矩，站在这里可以遥望十八盘。所有这一切，都给我们这些初次进藏者带来惊喜。我们停留片刻，便启程前行。

　　西行的路书，只能是一个大纲，因为首次进藏，即使把路书做得再怎样好，面对许多未知和特发情况，也必须不断修正计划。所以，前行途中我只是确定一个大体方向，然后随时随地规划行程，见机行事。

　　今天我们走的是一条拐尺形路线，从雅江西行奔理塘，然后南拐越过稻城直抵香格里拉镇。

　　翻过剪子弯山，我们行进在崇山峻岭之中。雄伟的山体、深邃的沟壑，如果不是修了公路和隧道，要跨越它们可不是件容易的事。前面又是一座山，名唤卡子拉山，海拔四千多米。今天天气很好，阳光明媚，风和日丽，温暖的山风拂面而来，让我们忘记身居四千多米的山上。一路走来，沿线有很多观景平台，游客可以暂停观景。我们在熊宗卡下车时，早已有一二十行人在此停留。在用乱石垒起来的简陋的镶嵌着海拔高度的标志塔的旁边，有一青年在卖烧烤。木炭燃烧带来的羊肉和孜然的混合香引诱着我们的味蕾。我们一边吃着烧烤，一边欣赏着大自然的美丽，非常惬意。

　　西行高原，我尽量把住宿地点定在低海拔位置，这样一来晚上不影响休息，二来第二天可以有精力应付高反。

　　理塘是我们去香格里拉的转折点，计划中我把它列为"路过"。我们在理塘脱离318国道向南拐转入217省道，继续在四千多米海拔的高原上行驶。稀薄的氧气使汽油无法充分燃烧，我无论怎么加油，汽车仍然在低速行驶。

　　高原的天空，像是孩童的脸，变幻莫测。刚才在理塘还是晴空万里不见云，这会儿行驶在217省道上，乌云从东方漫延过来。浓浓的乌云像是哪位画家顺手向天际泼出的墨，一卷卷一团团。此时，汽车正行驶在两座山之间的平原草场上，经过一冬天严寒煎熬刚刚发绿的青草遍布田野，与远处的山、灰色的云构成一幅巨幅油画。我们停下车，用相机把这一美景记录下来。

　　我们继续前行，前面就是海拔四千六百多米的兔儿山了。兔儿山，因远

汉白玉佛塔　刘纪摄影

兔儿山冰帽已退去　刘纪摄影

望似兔子耳朵而得名。现在，我们摸索出一个规律：凡是山口或山顶，必然有标志物。标志物一般由整块石头或乱石垒砌而成，上标海拔高度。我们站在由巨石做成的标志前，向兔儿山望去。那是一座光秃秃的山，山顶呈灰褐色，漫山遍野铺满大大小小的乱石。

继续前行，海子山向我们招手，欢迎我们这些远道而来的客人。海子山平均海拔四千五百米，因有星罗棋布的湖泊而得此名。面对这苍凉蛮荒之地，我们不禁发出由衷的感叹，惊叹大自然的神奇。

正当我们对壮美的大自然止不住赞叹时，前方一辆越野车一头扎进沟里，司机卡在车内，情况不明。另一辆越野车无奈地停在一旁，显得无能为力。从车上下来的人忙着打电话求救。是高反还是被美景分散了注意力导致车祸发生？反正，西行的路看似简单，但危险时刻相随，不经意间就会痛失马蹄、引恨高原。

过海子山，海拔慢慢下降，汽车借着山势快了起来。穿过桑堆乡，我们继续南行转入216省道，途经靠河谷的红草地，直奔稻城。此时，我们从海子山下来行进了四十千米路程，海拔居然下降了一千米！这种大起大落，对身体无疑是严峻的考验，我担心自己的心脏和肾脏是否能经得起这样的折腾。

今天有一小半路程位于海拔四千三百米以上，其他路程大都在海拔三千八百米。刚开始，我们四人都未发生高反，但由于不想落下每一处景点，几乎逢景必下车，上上下下、来来回回折腾，最后四人全部发生高反：肠胃翻腾，头微痛。好在我们都坚持了下来。

晚上八点半，我们在天空尚露着一抹蓝光的暮色中驶进香格里拉镇。此时的香格里拉镇，华灯初上，霓虹灯光将小镇映照得像童话世界。聪明的当地人把彩色装饰灯镶嵌在路缘石里，使道路看似通往变幻莫测的未来。这极好地说明了当地人对家乡是多么的挚爱，也印证了当地人为美化故乡煞费了苦心！是的，美好的环境不仅反映出当地的风貌，更反映了当地人的精神状态。这种对美好的追求，非常值得我们学习。

二〇一九年六月十七日于香格里拉镇初稿

二〇二一年九月一日于听涛轩整理

八 感受香格里拉小镇

　　昨晚是我们西行以来休息最好的一晚，睡了五个半小时。

　　今天海哥的腰疼加重，感觉不太舒服，主动提出来休息一天。我拿出药让他服上，大家也鼓励他打起精神一起上山，海哥禁不住大家劝说决定跟我们一起出行。

　　驱车赶往景区，一路上，且慢且行，细细浏览昨晚隐藏在灯光背后的香格里拉小镇。小镇依山而建，据地形而设。起伏的道路干净整洁，藏式建筑简约大方，零售服务业发达，让人完全不觉身在偏安一隅的边陲，倒是仿佛走在充满浪漫风情的西欧小镇中。

　　亚丁国家级自然保护区，位于香格里拉旅游圈的核心区域，是我国目前保存最完整、最原始的高山自然生态系统之一。

　　今天的路程，大都在海拔四千米，最高达四千二百米。虽然这一高度在今后的行程中不足为奇，但对于我们这些初次涉足高原的人来说无疑是严峻考验。由于近几天尤其是昨天大家领教了高反的厉害，所以今天都十分注意保存体力，行动缓慢，尽量不大声说话。

　　这是一个非常闭塞的景区，不太喧闹。进景区大门，景区大巴拉着我们爬到海拔五千多米，停在仙乃日雪山对面。仙乃日雪山海拔六千多米，山风猎猎，寒气袭人。仙乃日雪山高峻挺拔的身躯和神秘、美丽的容颜，使我们终生难忘。在大自然面前，我们学会了敬仰。站在观景台上，我们快速留影，记录下仙乃日神山的景色。我想，若红日初升或晚霞映照，拍一张仙乃日雪山的照片肯定会获奖。可惜的是，这里不让留宿，景区大巴也不可能专

香格里拉风光1　刘纪摄影

门在此等候拍摄良机。记得一位同学说过，世界上的好东西千千万万，不可能都占为己有。是的，欲获而不获也不失为一种幸福、一种人生经历。正在兴致高昂地拍摄之时，司机喊我们上车，我们带着遗憾和不舍离去。

大巴急速下山，带我们来到位于山脚的洛绒牛场景区。沿途活泼大胆的松鼠、诡计多端的小猴，使初进山者感到惊奇，大家纷纷拍照。我们沿青石铺就的山路上山，海哥、小青体力好，早就一马当先跑到前面。我一边爬山，一边欣赏眼前的景色。左手边，茂密的灌木密密实实，偶有大树点缀其间。右手边，河水借着山势撞击着岩石轰隆作响。有木栈道沿河一路向上延伸，河水从栈道下流过，时急时缓，清澈见底。偶有巨石挡于河中，被不知名的画家画上重彩岩画。我抬头向右前方看去，两位僧人在不远处，还有一座寺庙坐落在半山。

绿色树林，林间寺庙，蜿蜒的山路……此情此景不禁让我记起了苏轼的词："山下兰芽短浸溪，松间沙路净无泥，萧萧

仙乃日雪山　刘纪摄影

躲藏在树林后的冲古寺　刘纪摄影

香格里拉风光2　刘纪摄影

木栈道和马厩　刘纪摄影

茶马古道蹄声近铃声远　刘纪摄影

暮雨子规啼。谁道人生无再少？门前流水尚能西！休将白发唱黄鸡。"吸一口清净的空气，暗笑自己在这缺氧的高山峻岭之上竟然还有如此的雅兴。

我们继续前行，来到一山坳。这里草甸宽阔，水草丰美。右手边是一条小河，宽处二十多米，窄处十几米，弯弯曲曲，不急不缓流向下游。对岸是一片矮树林，郁郁葱葱，疏密错置，密集处树木相拥而抱，宽松处树木独立其身，非常有画感，不失为写生的好去处。

随后我们改乘电瓶车继续向深山出发，来到洛绒牛场。这里四面环山，东与南分别坐落着仙乃日、央迈勇、夏诺多吉三座雪山。雪山洁白高耸，在阳光的照射下耀眼夺目，这里是拍摄它们的绝佳之地。洛绒牛场是附近藏族村民的天然高山牧场，贡嘎河从草场穿过，水声潺潺。为了保护环境，景区在草原上搭起木栈道让人行走，以免踏伤草地。高高低低的树木、一间间木屋、河中遗留的旧木桥相映成趣，好似世外桃源。我们沿木栈道向山里走去，一队马帮迎面而来，铃声叮当，确有一派茶马古道、行而致远的风韵。我赶紧举起相机，留下这美好的瞬间。

继续前行一小时，就是牛奶海了。我一算，一小时差不多有五千米路，我的体力吃不消，便主动要求留在原地漫游，他们三人前往。

这里与其说是牛场倒不如说是马场。现在还不到放牧时间，一匹匹油光发亮的马被围在栏中，甩着尾巴，悠闲地等待放牧。一排木屋前，年轻的牧民三三两两聚在一起闲聊。一匹白马逃出来，独自在草间觅食，不时打个响鼻。黑羽红嘴的乌鸦在草地上蹦来蹦去，捡食着昆虫和草粒。时近下午五点，阳光已不再炽热，撒向大地的更多的是温柔，整个草场笼罩在一片金黄色的世界里，空气中的青草涩味开始弥漫。此时，牧马时间到了，被圈了一天的马儿欢快地奔向山脚，在青草与绿水之间幸福地觅食。这一刻，我像一只放单的鸟儿，独自领略这美妙的时刻，不想让眼睛眨一下，生怕美景和美好的心情不经意逃逸。世间风情千万种，此处桃源不多求。眼下这景色深深地触动着我的心灵，我与她同呼吸，感受着她带给我内心深处的撞击。这一刻，醉了我，也醉了相机……

按照约定，他们如期返回。从三人脸上看出，他们收获不少。海哥在药物的作用下，病痛好了许多，一路前行，拍摄兴头大起，一直走到景区尽头。而小青，一路走一路说"太值了"！而我，即便最后一段路没有跟进，也觉得收获颇多。

香格里拉小镇——我爱你。

二○一九年六月十八日于香格里拉镇初稿

二○二一年九月一日于听涛轩整理

九 脚踏青藏高原最大的古冰川遗迹

今天，我们计划奔往巴塘。

昨晚，在泸定桥结识的安丘驴友小韩看到我的朋友圈后发来消息说，巴塘去芒康的路正在施工，非常难走，建议我越过巴塘直奔芒康。今天一早，另一朋友也发消息说让我从香格里拉奔德钦方向，过盐井去芒康。两位朋友都建议我撇开巴塘直插芒康，说明巴塘真的是一块"硬骨头"，我不得不慎重考虑接下来的路程。我们四人西行，引起不少朋友的关注和关心，这种爱鼓舞我们继续前行。我查了下电子地图，发现214国道也在施工，所以我们仍然硬着头皮重归318国道，继续西上巴塘，到巴塘后再决定是否继续赶往芒康。这是唯一可行的最佳方案了。

摄影行业有一句俗语：回头便是景。前天来时，只顾一路奔波，眼睛向前看，漏掉了身后的景色。而当我们沿原路返回时，美丽的景色再次与我们相遇，让我们重新审读回程的美，也正应了刚才那句话。前日趋至今日还，来回景致不相同。摄影如此，人生也如此。茫茫天地间，我们大部分人只顾奔行，却不知彼岸其实正是我们出发的原点；当你荡桨前行，回望出发地，才知原来那里才是你的心之向往。生活往往如此……

今天最美的风景线，当数青藏高原最大的冰川遗迹。216省道从遗迹上穿过，左边是光秃秃的冰帽遗迹，嶙峋的乱石遍布，灰蒙蒙，一片死寂，像被炸弹炸过一般。右手边是石头河似的冰川遗迹，放眼望去，漫山遍野的巨石层层叠叠、大大小小、密密麻麻，像辽阔海滩上晒日光浴的海象、海狮、海豹。此时，旁无他人，周围的一切不仅陌生而且诡异，我们仿佛来到了外

冰帽遗址　刘纪摄影

海子山　刘纪摄影

海拔四千多米高山上的生命　刘纪摄影

星球，亘古苍凉的感觉迎面而来。

我们继续前行，黑黝黝的柏油马路转了一个大弯，把我们引向山顶，平均海拔四千五百米高的海子山就在我们脚下。停下车，近距离感受这神秘大自然的魅力。极目远眺，大大小小的海子散落在起伏的山峦之间，在阳光的照射下散发出晶亮而诱人的墨蓝光，像一颗颗蓝宝石镶嵌在壮美的高原上。天空那么蓝，蓝得让人沉醉。脚边，黄色的、红色的小花伴我而行。这些我叫不出名字的野花，在这高山之上，在这缺氧的环境中，顽强地绽放着，释放着对生命的追求和诠释。我不禁想，人类虽然具有社会属性，但每个人首先应为个体，个体的普遍存在才构成完整的社会。当每个个体都发出光芒时，整个世界才更加绚丽多彩。

路途中我们还看到了稻城白塔。白塔位于216省道稻城大桥旁，三十七米高的巨型身姿似茫茫大海中的灯塔般引人注目。

今天，我们的行程大部分在海拔四千米以上，甚至最高海拔达到四千六百零九米。在这样的高度，我们四人均有高反，只是高反表现各不相同。海哥虽年龄最大，但体质最佳，只是偶尔气短而已。小青前天还蹦蹦跳跳，摆出各种姿势让海哥拍照，但从昨天开始头痛、气喘。我爱人还好，只是有一点头晕、气短。而我，恶心、打盹、食欲不振、气短，连举起相机都要大口呼吸，每一次拍摄对我都是考验。记得一九八二年学习中共党史时，老师讲到红军长征过雪山，高反致战士们精神萎靡，许多战士就地休息后就永远睡在了那里。现在，我也经历着这一过程，大脑反应极慢，驾车时精力难以集中，眼皮像一对热恋中的情侣一样不愿分开。幸亏路上车辆不多，否则很容易出事故。虽然有点辛苦，但我们没有一个叫苦叫累的。有位哲人说过，当下所有的苦难，都是以后美好的回忆。是的，我们正是因为这样才坚持着走下去。

到达巴塘已经是晚上七点了，天虽然没有黑，但也暗了下来。算来，我们从上午九点自香格里拉镇出发，行程四百千米，边行边拍用时十个小时。

巴塘是一个小县城，沿街大都是二三层的楼房。由于这里平均海拔只有二千五百米，所以南来北往的旅客都选择在此住宿。该县旅馆业发达，街道两旁或深巷中的旅馆鳞次栉比，不愁找不到地方住。

明天就要正式进藏了，我们怀着忐忑不安而又激动的心情迎接明天的到来。

明天打算沿318国道继续西行到八宿。

二〇一九年六月十九日于巴塘初稿

二〇二一年九月五日于听涛轩整理

十 我为你而狂

俗话说，计划不如变化快。昨天我们还计划从巴塘赶到八宿，因为那里海拔不到四千米，晚上可以休息得好一些。但由于巴塘至芒康路段维修，二百六十千米的行程用了近十一个小时，如果赶到八宿就得晚上十二点了，所以我们改在左贡驻勤，宿金华大酒店，海拔高度为三千八百零六米。

今天已经是我们西行的第十天了。从前的经历让我养成了及时总结的习惯。我们都是首次进藏，经验教训也在不断积累。回顾这十天，有两点经验。一是开车进入高海拔地带，尽量打开制冷空调，低温可以增加空气密度，空气中单位氧气含量就可以提高，能减缓高反；二是葡萄糖在给人增加能量的同时也可以减缓高反，过高山或徒步游览时，提前服用一只浓缩葡萄糖，对抗击高反有明显作用。

几天来，有一事一直让我耿耿于怀、忐忑不安。六月十七日，当我们行至理塘县海拔四千二百八十一米的熊宗卡时，突然遇到一个青年。他焦急地说他爱人发生了高反，而且是有孕在身，问我们附近有没有卖氧气的。看着他那慌乱的样子，我们也跟着慌了，说不知道。然后，他就急匆匆离去了。稍后，我们才反应过来，我们后备厢里有备用氧气，因为一时慌乱竟然忘了，没有在关键时刻帮到他们，这令我们始终不能忘怀。我们遥祝他俩平安无事，旅途顺利。也提醒今后所有进藏的人，无论如何都要捎带氧气备用，关键时刻会派上大用场，说不定会救人一命。我们捎带的氧气，在我们穿越阿里时，就发挥了非常重要的作用。

回望走过的路，我们驶过河南平原，跨过长江，穿过秦岭，碾过汉中平原，蹚过大渡河，爬过川西高原……这些都是进藏的前奏曲，都是为进藏做铺垫的。不到终点，不走完全程，就不能说是一次完美的旅程，忐忑不安和焦虑始终伴随着我们。从地图上看，今天我们就要正式进藏了！这对我们来说具有里程碑式的意义。没有仪式，没有贺词，有的只是家人和朋友的祝福和担忧。感谢那些挂念和祝福我们的好人。同时，我们每个人都莫名地激动和兴奋，希望能顺利走完未知的路程。

西出巴塘不远，是一段崎岖的路，路面坑坑洼洼，尘土飞扬。驶过这段路就是进藏检查站，我们每个人的表情也开始严肃起来，因为我们知道，真正的考验就此开始了。

过检查站，前行不远，一座水泥老桥出现在眼前。桥梁高出地面半米多，桥身与路面的衔接处用钢板过渡。车轮碾在钢板上嘎嘎作响。浑浊的江水从桥下流淌，分不清是桥的颜色还是江水的颜色。我稳稳把住方向盘缓缓过桥，行至桥头，路边一块白底红字的路牌出现在我们面前——"西藏"！在这一刻，我们就正式踏入西藏了！没有惊喜，也没有欢呼，每个人都显得格外严肃。此时，作为一队之长，我再一次提醒大家，我们已经正式踏入西藏，海拔将越来越高，要时刻保持警惕，切不可大意；不要过多说话，不要过度劳累，要保持体力和清醒；如果有什么不适，要及时提出；假如有特殊情况发生，我们回返还来得及……

车内，没有回答的声音，静悄悄的。我们像发起冲锋前的战士，屏住呼吸。我们以这种庄严的静默，表示出四人的坚定信念。

进藏后，一切都变了。川西虽属高原，但林木仍然郁郁葱葱。然而，现在车外的色调换成了灰色——山峦是灰褐色的，江水是灰色的，就连天空也是灰蒙蒙的。眼前好像是一个混沌的世界。在这种环境中，即便不缺氧人也昏昏沉沉的，打不起精神。

前面不远，是一个丁字路口，一条道路横在前面，向左向右都可以通行。我们距离路口还有一百多米的距离。这一百多米的路，凹凸不平，遍布水坑、裸石。更要命的是，根本不知道水坑有多深。我让其他人下车步行，自己根据经验慢慢调整车的方向和速度。由于情况不明，在过一个水坑时，车的右后轮塑质护泥板碰到石块发生裂痕——这是我们整个西行过程中唯一一次对车辆造成的伤害，好在问题不大。

　　过了这座山就遇上工程队修路，想必这就是朋友提到的修路段了。由于这里自然条件恶劣，道路维护非常艰难。这里的路大部分是双车道，一旦修路，不能全部封闭，需开通一个车道，或昼夜错开车道，否则整条线路都会瘫痪。我们被夹在车的长龙中蹒跚行进，有时不得不停下让另一边的车通过。这不到一百千米的路折腾了我们近四个小时。

　　当我们沿318国道继续前行至如美段时，一座雄伟的山体挡在面前。山体呈南北走向，斜面呈六七十度，蜿蜒的公路在半山腰缠绕。我这才想起刚才接到了路单，上面规定了到达下一站的具体时间。来藏前听朋友说，西藏严格限速，好多路段都会发路单，必须按照规定时间到达下一个检查站，不能提前到达，否则要接受处罚。看着山上细若游丝的道路，心中不免认可这路单发得及时。我们小心地行驶在山路上，右边是巍峨耸立的大山；左边是

难行的路

东达山口　刘纪摄影

让人胆寒的深渊。山涧一条"黄丝带"蜿蜒穿过，那就是澜沧江。

将近左贡，我们要翻越觉巴和东达两座山。其中，东达山海拔五千一百三十米，是我们四人人生中首次遇到的海拔五千米以上的高山。大家心里没底，但此前，我已把空调温度降至二十摄氏度，又由于近期对高反已有所适应，再加上我们注意小幅度活动、小声说话，所以在此并没什么发生明显的高反。

我们凭借勇气和智慧，顺利度过了第一天，不得不说这是一个好的开端，也为我们今后的行程奠定了良好的心理基础。

高原的夕阳别有一番浪漫，空气中好似充满金色颗粒。在夕阳洒满金色余晖时，我们驶进了左贡。这是西藏的一个小县城，全县只有四五万人，大部分为藏族居民，以农牧业为生。县城建筑以二三层为主，从新旧程度和风格看，大都是近些年所建，没什么显著的民族特色。

左贡距离拉萨一千零四十三千米，如果径直奔往拉萨两天就够了，但径直奔往拉萨沿途并无太多景观，所以我们打算在林芝向南拐，绕道米林、朗县、加查、曲松、桑日、山南、贡嘎去拉萨，游览沿途风光。

明天计划沿318国道继续西行，到波密，然后向南去墨脱。

二〇一九年六月二十日于左贡初稿
二〇二一年九月五日于听涛轩整理

十一 勇闯七十二道拐

今天的计划又落空，完全是受了经验主义的影响。

原来打算今天从左贡赶到林芝。左贡距离林芝只有六百五十千米，在山东这点路程用七八个小时就能赶到，即便有些特殊情况发生最多只需十个小时。没想到，我们到波密时已经是晚上七点多，用了近十二个小时。两位女士担心开夜车不安全，建议在波密住下。

旅途中，我们仍然习惯用在山东时的作息时间安排行程，但随着不断向西，每天太阳升起的时间越来越晚，落山的时间也越来越迟。因此，当我们今天早晨七点出去吃早饭时，街上的饭店都未开张，我们只好空腹出发。已是晚上七点了，太阳还高悬在空中。

进藏以来，我有意识地降低车内的温度，但人长期处在低温中也容易感冒。海哥感冒还未好，我也感冒了，喉咙疼痛，鼻腔干燥，这可不是个好兆头。感冒会引起肺炎，后面的路程还长，一定要尽快好起来，否则就不能进阿里地区了。

西出左贡车就开始爬高，当升至海拔四千米时，我明显感觉到了高反，再加上感冒引起的喉咙痛、鼻腔干燥等，整个人很是痛苦。两位女士看我痛苦难忍、迷迷糊糊，就主动接过方向盘。我喝了爱人递过来的能量水后闭目休息，两个半小时后高反症状才有所缓解。

西出左贡一百千米到达邦达。214国道将邦达和昌都相连。不远就是海拔四千六百五十八米的业拉山，再往西便是著名的七十二道拐，地势一路向下，似倾泻的瀑布。我们没有在邦达停留，匆匆路过。行至不远处，又是检

波密风光　刘纪摄影

有名的七十二道拐山路　刘纪摄影

业拉山口　刘纪摄影

美丽的波密　刘纪摄影

查站。现在我们已经习惯了检查，把身份证、驾驶证、行车证、边境通行证一一准备好，有序受检。

检查站不仅检查人员、车辆，往往还预示着下一段危险路程的开始。果不其然，又收到限速条，规定邦达至八宿九十四千米，必须最少用两个半小时跑完。在这一路段，要驶上海拔四千六百五十八米高的业拉山口，还要经过著名的七十二道拐。

人在高原有反应，汽车在海拔四千米以上行驶也有明显反应，加上开着空调，更加重了发动机负担，不管怎么加油，发动机转速就是上不去。这真难为了我的"爱驹"，它像一头年迈的老牛喘息着艰难地在这高原上爬行。还好，我们终于爬上了海拔四千六百五十八米的业拉山。

和我们同时来到业拉山的是一个七八人组成的自行车队。小伙子们穿着防护服，头戴防护帽，浑身上下散发着青春气息。但在这样的海拔高度，不管你身体如何，都必须尊重大自然的规律。小伙子们尽管精神不错，但也是气喘吁吁。看着朝气蓬勃的他们，我不由得想起了自己的过去。一九七七年，我爬泰山时能从岱庙直上玉皇顶。转眼间我已是六十多岁的人了，不免嗟叹时光之恍惚、人生之短暂。我们这一代人，前半生为生活、为生存忙忙碌碌，没有时间顾及自己的爱好，退休了能够在生命剩余的时间里干一些自己喜欢的事，也不枉来世间走一回。

向左拐过一个弯，汽车在我的控制下缓缓下山。"七十二道拐"中的"七十二"和"万丈悬崖"中的"万丈"类似，与其说是个数量词，倒不如说是个形容词。我大体数了一下，从山顶到山脚一共有一百五十道拐，比七十二还要多。

穿越七十二道拐过八宿沿318国道继续西行，海拔又不断上升，至然乌时海拔已达到三千九百六十米。西出然乌，就是西藏有名的然乌湖了。然乌湖处于318国道和川藏公路的交叉口，像一颗蓝宝石镶嵌在西藏高原上。此时的然乌湖，湖水湛蓝，清澈通透。微风拂起的涟漪羞羞答答，小鱼在涟漪间游来逛去，寻觅着属于它们的美食。此情此景，好似江南景色又胜似江南景色，如果不是五千米高的海拔阻断了游人的脚步，这里一定是游人络绎不绝的好去处。

在高原，但凡有湖泊的地方，必有雪山冰川相伴。果不然，湖的对岸就是有名的米堆冰川。雪山上的冰雪融化后汇集成小溪流下山，形成湖泊。我们停下车，用相机记录下大自然的奇妙和美丽。

同是高原，景色却不相同。波密的夕阳好像更艳丽，天地间一片金色。波密是位于西藏东南部的一个县，全县有三万八千人，其大都从事农牧业。打开酒店的窗户向南瞭望，帕隆藏布江赫然出现在眼前。江宽百米，江水浩荡，隆隆作响。低海拔、充足的氧气，使我们像待在浑浊泥水里的鱼儿忽然来到了一汪清澈湾泉，大家情绪高涨起来，忘记了十几个小时的路途疲惫。海哥和小青抓起相机，趁夕阳落山前的黄金时段，出宾馆创作去了。

今天我们住的地方海拔只有二千七百五十五米，我们要好好睡一觉。明天计划赶往林芝。

离拉萨越来越近了。

二〇一九年六月二十一日于波密初稿
二〇二一年九月五日于听涛轩整理

十二　到世界上最深的大峡谷去

　　旅途充满变数，就像人生一样不可预测。当我们准备从波密向南去墨脱看雅鲁藏布江果果塘大拐弯时，才知道去路因维修而中断。愿望没能实现，但理想没有被放弃，只待再一次进藏了。不过，虽然这一愿望没实现，但我们更改了计划，准备到林芝镇后向东走，过派镇和桃花谷去看世界上最深的峡谷——雅鲁藏布大峡谷。

　　读万卷书，行万里路。以前并不知道西藏还有个波密县，更不了解波密县的风光景色。当两只脚实实在在踏上这片土地时，才真正了解了她的美丽，才知道在西藏深山老林中竟然还隐藏着这绝世的美景。

波密风光　刘纪摄影

　　早上七点十分我们从波密出发，继续西行。放眼望向四处，满目葱葱，行驶在这样的路上倒也惬意。我的主要任务当然是当好司机，保证大家安全，但我也忙里偷闲用余光浏览景色。右手边，是高耸的山峰，峰顶被白皑皑的冰雪覆盖，半山腰以下是绿色的。路从密

林中穿过，高大而笔直的松树探
出手臂，厚脸皮的香樟树堆起了
满脸皱褶的笑容，像在夹道欢迎
我们这些来自远方的客人。远处
的雪山像戴着白羊绒帽子的少女
婀娜多姿；白雾缭绕在山腰，像
少女的腰带。左手边，是泛着白
色浪花的帕隆藏布江，有一二百
米宽。江水至窄处，水流湍急，
如急行军的部队，发出轰鸣的响
声。江水至宽处，水流缓缓，轻
步徜徉。看着江水一急一缓，不
由得让我想起人生哲理：人在急
流处，能进则进，不进则退；待
到平缓处，则要安然处之，以收

吞白古如日追寺入口处　刘纪摄影

吞白古如日追寺　刘纪摄影

心归绪为要，等待时机。江的对岸，是笔直挺拔的云杉树，一片片的，绿绿
的，绿得让人目眩。我们感慨地说，这是进藏以来遇到的最美的景色。

下午四点半我们赶至雅鲁藏布大峡谷风景区。雅鲁藏布大峡谷长约
五百千米，平均深度为二千二百六十八米，最深处达六千零九米，是世界上
最大、最深的峡谷。它南起墨脱县巴昔卡村，北至米林县派镇大渡卡村。它
像一把利剑将青藏高原剖开，让人看清高原的立面结构。它又仿佛是一条隧
道，将印度洋上的水汽源源不断地带进青藏高原，使这里形成了独特的气候
特点。

大巴车拉着我们进入景区。沿途经过的藏寨或独立，或连成排，经营饭
店、旅馆或土特产买卖。很多藏族同胞已经告别了世世代代的农牧生活，开
始了一种新的生活。

大巴车把我们拉到山脚下。一条小径通到谷底，谷底几个藏族姑娘忙碌
着服务游人。我们下到谷底，脚下是一片白色沙滩。沙滩的颜色是由江水流
经路段的岩石颜色决定的。岩石坠落江中，碰撞摩擦成沙。沙滩处在一个山

雅鲁藏布大峡谷白沙滩　刘纪摄影

雅鲁藏布大峡谷　刘纪摄影

南迦巴瓦雪山
刘纪摄影

体的拐弯处，明显是由江水冲积而成的，面积有几千平方米。沙滩上已经聚集了四五十位游客，他们有的在江边戏水，有的在打气枪，有的在拍照。我这才明白我们已身在雅鲁藏布大峡谷的谷底，但我并没感到这与我站在家乡的土地上有什么不同。

　　接着我们来到峡谷拐弯处，这里并非传说中的南迦巴瓦大拐弯，但是可以看到江水拐弯。现在是贫水期，江水稀稀，河道中依稀露出河床。我们站在悬崖上，山风迎面而来，吹拂着脸庞，也吹拂着我们的心。眺望远处，群山环绕，南迦巴瓦雪山独树一帜，山巅雪色耀眼夺目，风吹起的风旗仿佛和

雨后彩虹　刘纪摄影

平鸽展开的翅膀，让人震撼，使人联想。

　　在雪山的环抱之中，我们体悟着大自然的神秘和造化。雨后的太阳悄然从云隙中探出头来，把金色的阳光洒向大地。不知什么时候，山间隐约出现了彩虹，而且慢慢变得清晰起来，最后竟然形成了双彩虹。大家兴奋地尖叫起来，我也迅速拿起相机记录下这一美好的时刻。

二〇一九年六月二十二日

于雅鲁藏布大峡谷风景区初稿

二〇二一年九月五日于听涛轩整理

十三 珞巴族人的南伊沟

早上九点，我们从雅鲁藏布大峡谷驻地出发，直奔南伊沟风景区。

从昨天开始，我们就离开林芝沿306省道向南进发，迂回前往拉萨。我们这么做的主要原因是这条路线有看头，来趟西藏不易，我们要尽量将有代表性的景区看一下。我们沿306国道前往的下一站是加查。

选择加查主要有两个原因，一是它北上四十五千米便是拉木拉措；二是从大峡谷到达这里的路程正合适，不近不远。

西出大峡谷不远，路标指引左边有座羌纳寺，算计到达前方限速点时间有余，我们便打算进寺看看。

我们沿一条小山坡左拐右转到达寺庙南门。这是一个方圆一二百平方米的院落，坐落在一处茆山上。高高的院墙将院落围得严严实实。门上，铁将军把门。敲门，引得狗吠。不一会，一年轻僧人从墙顶探出头来察看，一只小猫咪也爬上墙头来凑热闹咪咪地叫唤。我们向小僧人问庙门在何方，他不语，指指身后方。看来他能听懂汉话。我们转了半圈方才找到处于院北的大门。

这是一扇开在院墙上非常普通的木门，油漆剥落，露出木色。随着"吱呀"一声，门被我慢慢推开。我扫视院内无人，便呼唤海哥一起进入。左前方是一个白色贡塔，坐落在土台上。贡塔后是一趟转经筒，紧挨着转经筒的就是寺庙主建筑。寺庙主建筑坐东朝西，我转到庙门前方，拍了几张寺庙外景。此时，一位十七八岁的小僧人迎上前来，看样子就是刚才那个探头的小僧人。他问明我们的来意，便非常友好地打开寺内所有的门让我们参观。外面的大黑狗已经停止吠叫，刚才那只小猫咪十分友好地来到我们面前，好奇地随我们参观。

出得寺门，我们从派镇向西沿306省道向南进发。不久，一条高速路展现在眼前，不觉令人眼前一亮，这是我们进藏以来首次遇到的高速路。原来，林芝机场就在不远处，高速路大概是机场的配套设施。

有人都说林芝赛江南，此话并不夸张。只见沿途小河弯弯，垂柳成荫。这里的柳树又粗又壮，我在其他地方还从没见过这么粗的柳树。右手边是大片的湿地，说不出名的水鸟不时起飞降落，似乎可以让我们忘记身在海拔几千米的高原。林芝，不似江南而又胜似江南。

今天我们要去的南伊沟距林芝七十多千米。中午十二点，我们到达南伊沟景区。游人不多，大部分电瓶游览车空闲着，懒洋洋地趴在那里晒太阳。我们四人乘坐一辆可以容纳十几人的电瓶车上山。工作人员介绍，去年来此

南伊沟森林 刘纪摄影

旅游人数锐减，今年更甚。这里森林茂密，远处是云杉和松树，近处是乔木和灌木。漫山遍野的葱绿，展现着初夏的勃勃生机。山下的河水清澈透明，带着些许凉气。河面宽二三十米，有急有缓，偶有或大或小的山石裸露在水中，激起阵阵浪花。这水势、这浪花，让我想起十年前去巴厘岛的情景。那里也有一条河，当地人开发出了漂流项目，每只橡皮船乘坐六人，每人次收取八十美元，由当地的教练掌舵。虽然价格不菲，但游客们愿意乘坐。我想，这里游客稀少固然有经济因素，但也有自身发展的因素。一个景区不能只靠景色优美吸引人，还要运用好当地资源，积极开发旅游项目，使游客始终有新鲜感，这样才能避免千篇一律、重复旅游的弊端，使旅游产业长盛不衰。

南伊沟风景宜人，饿了还有珞巴族人蒸的土豆、烤的鱼肉等小吃。珞巴族的年长者与我们交流有困难，需要年轻的珞巴族人当翻译。他们勤劳、忠厚，用独有的方式欢迎我们这些远道而来的客人。

南伊沟由多个景点串联而成，如果不特别说明倒是分不出哪一段是哪一段。令我印象最深的景点是原始森林和草甸景区，用木板搭建的半米高栈道，拐弯抹角地穿行在原始森林中。栈道两侧，笔直的松树和云杉树直上云端，把栈道上空的阳光遮得严严实实。行人被凉爽的空气包围着，完全感觉不到树林之外的热。透过树林的空隙望去，山脚下是一片绿油油的草甸。珞巴族人的木屋炊烟袅袅，白色的马儿摇曳着尾巴悠闲地吃着牧草。真像一个美妙的童话世界。栈道两边，伐木留下的树桩和自然倒下的朽木，仿佛在向游人诉说着它们曾经的辉煌。是的，被伐的树木成为栋梁，为人类造福；而那些自然老去的树木却永远厮守着这片孕育它们的土地。

看罢南伊沟，我们按照计划匆匆赶往加查。当行至距离加查十千米处时，乌云像泼向天空的墨汁般笼罩着群山，向我们展现了一幅浓墨重彩的画卷。在福建长大的海哥会看云雨，他指着前方那片云说，前面正在下雨。果不其然，我们前行了一会儿雨点便开始敲打车窗。

高原的雨来得容易，去得也快。当我们行至离加查七千米时，雨停了。此时，乌云慢慢消散，夕阳浮在云上。我和海哥几乎同时发现了一道彩虹。

彩虹乍起　刘纪摄影

夕阳无限好，只是在黄昏　刘纪摄影

　　彩虹由淡变浓，由一道变成五道，最后竟然成为一条彩龙。这是我们西行以来第二次遇到彩虹。我们迅速下车，随着"咔嚓、咔嚓"声，这美丽的景色永远留在我们的相机中，也留在我们的心里。

　　到加查已是晚上九点，此地海拔三千二百五十八米。明天我们将向盼望已久的拉姆拉措进发。

　　　　　　　　　　二〇一九年六月二十三日于加查初稿

　　　　　　　　　　二〇二一年九月五日于听涛轩整理

十四　神圣的拉姆拉措

不知不觉我们西行已有两个星期了。

两个星期来我们对高原的各方面逐渐适应，可是，今天是我们西行以来最苦、最累的一天。

我们撇开林芝舍近求远绕道去拉萨，就是想尽可能多地游览景点，以较为全面地了解西藏。拉姆拉措正是在这条线上，自然而然地出现在我的规划之中。

我查了一下地图，从我们的住所到拉姆拉措只有五十五千米的距离，但汽车只能开到山脚下，想到山顶看拉姆拉措还需要步行一段与地面近乎垂直的二百米长的路。而就是这段路把我们累得要命。

要知道，这是从海拔四五千米的山脚向山顶冲击，对于我们这些来自低海拔地区的人来说，是绝对不可以胡来的。是前进还是放弃，我拿不定主意。我征求海哥的意见，他也一脸茫然。可当我说起拉姆拉措在藏族人心中的位置时，他就坚定地认为要去拉姆拉措。

今天多云，是外出旅游的理想天气，也是摄影人求之不得的。吃罢早餐，我们就出发了。办完各项进山手续后，我们驾车沿山道盘旋而上。在接下来的四十千米路程中，我们所在的海拔会上升二千一百米，在这么短的距离内适应这么大的海拔落差对人体是非常严峻的考验。

眼前的路是一条柏油路，左边是山坡，上面长满灌木，郁郁葱葱。右边是一条小河，阳光照在河面上，粼光闪闪。河两岸，小草青青，叫不出名的小黄花在微风中晃动着可爱的小脑袋，蝶飞蜂舞。高原上竟然有如此美妙的景色。看来这里非常适宜动植物生长。前方一群牦牛挡住我们的去路，有两位"老兄"竟然把决斗场选在我们车前。在将要到达山顶时，我们还有幸看到两只藏羚羊。它们洁净的皮毛、灵汪汪的眼睛、小巧的耳朵，是那么可爱。它俩与我们相距四五米，一点也不害怕我们，很友好地摆出动作让我们拍照。

我们的"大白"又一次面临高反。在接近目的地的盘山路上，尽管我猛加油门，发动机转速达到四千转，汽车速度也仅为每小时三十千米。"大白"像一头年迈的老牛，喘着粗气艰难向前爬着，我真为它捏一把汗。经过一阵折腾，终于爬到停车场，我悬着的心才放下来。

停车场地面用土石铺垫而成，位于拉姆拉措山脚下。站在此处向山顶望去，蓝色的天空中飘荡着大片白云，一条由碎石片铺就的山路向山上弯曲延伸，仿佛连接着天空中的白云。藏族同胞用乱石垒起了大小不一的玛尼堆，

路边的风马旗、经幡和哈达，远远望去，红红绿绿，让小路显得不再寂寞。

藏羚羊 刘纪摄影

我们沿着乱石路往上走。海哥前几天感冒加腰痛、肩痛，身体状况和情绪一直不稳定，通过服药治疗，这一两天身体恢复了一些。今天他一马当先，始终保持着高昂的情绪。小青虽已五十多岁，但身体健壮，紧随海哥攀登。我和爱人体力不支，走三步歇两步，互相鼓励，互相搀扶，蜗行前进。

我在山脚下出发地有意看了一下海拔表，是五千二百一十六米，而且我也留意计算着我们爬了多少步。到达山顶时，我又看

牦牛 刘纪摄影

拉姆拉措　刘纪摄影

了一下海拔表，显示海拔是五千三百四十五米，山顶和出发点的海拔落差只有一百二十九米。但就是这一百二十九米，我却走了整整两千步！可想而知，我们是多么艰辛。上至半路时，心肺好像要炸裂了、恶心、头痛的感觉一起涌来，每挪一步都要耗费毕生气力。脚下的路更加坎坷、崎岖，爱人有时不得不用四肢爬行。我几次想放弃登顶，但想想登珠穆朗玛峰（简称"珠峰"）队员要登八千多米，又看到同伴们的榜样示范，就放弃了打退堂鼓的念头，最后终于战胜自我，与爱人携手一起登上山顶。

来到山巅，我弯下腰低下头，大口喘气。不要小看这一百二十九米的海拔落差，这是在海拔五千三百四十五米、空气含氧量只有海滨地区约百分之六十的情况下，我们的身体已经达到了极限。现在我才真正体会到登山运动员的艰辛和不易，打心眼儿里佩服他们。

稍做调整后，我才有力气向拉姆拉措方向望去。只见拉姆拉措被群山环绕，广袤无际的山峦黑漆漆一片。天空中翻涌着乌云，像一张灰幕笼罩着整个大地，只有在辽远的天际才露出一丝光亮。

拉姆拉措静静地躺在谷底，像一颗璀璨的蓝宝石镶嵌在群山环抱之中。山风在呼啸，风中带着星星点点的水雾，似有一场暴雨要来。一群野鸽在山间飞来飞去，与三五只黑乌鸦争夺着藏民们朝圣带来的青稞。山崖一侧，白色的焚香塔冒着袅袅香烟，炉前摆满了藏民们朝圣带来的青稞和其他贡品，使荒凉的山顶增添了几分神圣。

　　我们四人中，海哥首先登顶，身体一恢复他就马上开始了创作，拍出了不少绝妙的作品。小青是登顶"亚军"，攀爬的艰难没有在她脸上留下任何劳累的痕迹。她像往常一样，一会儿创作，一会儿让海哥拍照留念，欢快的情绪感染着周围的人，给人以向上的力量。我和爱人互相搀扶着最后登顶，双腿软绵绵的，恨不得一屁股坐在地上。但看着同伴们的笑容，看着拉姆拉措的美景，身体的疲劳也逐渐消失，一种战胜自我、胜利登顶的快感涌上心头。拉姆拉措给我们留下了难以忘怀的美好记忆，当然也包括登山的艰辛，这是我们西行以来最值得纪念的一天。

　　今天太累了，缺氧导致身体疲惫不堪，大脑混混沌沌。原打算看完拉姆拉措当天赶到拉加里王宫遗址，但与同伴们商量后，还是暂且回加查待一晚，权作修整、恢复体力，明天再启程。

爱人登顶途中　刘纪摄影

登顶后的喜悦　刘纪摄影

　　下午五点多返回酒店，我们仍然沉浸在顺利登顶的兴奋之中。我提议在旅馆旁的小饭馆里点几个小菜，庆祝今天的胜利。海哥拿出从家乡带来的六十多度的白酒，自斟一杯，我们三人斟满啤酒，举杯同庆凯旋。海哥今天特别来劲，喝完一杯兴致未尽，又满上一杯，这也为后来海哥的不适埋下了隐患。四人推杯换盏，说说笑笑，欢乐的气氛溢出小屋飘荡在高原上空。

二〇一九年六月二十四日于加查初稿

二〇二一年九月七日于听涛轩整理

十五　特殊的旅程

今天早晨天气格外好，阳光穿过高原清澈的空气将金色的光芒洒在我们身上。山坡上的树丛在猫了一冬后，将积蓄的力量吐满树梢，使漫山遍野一片嫩绿。早上七点半我们从宾馆出发，开始了西行第十五天的行程。

启程前，遇到同在一家酒店住宿的驴友。他们是战友，一起从新疆沿219新藏线过来。看着我们的轿车，问我们返回走哪条线。当听说我们打算走219新藏线时，他们感到惊讶。于是我问，我们的车能行吗？他们回答说不准，只要慢一点可能行。这虽然是不确定的语气，但也使我看到一丝希望。只要有可能，我们就要闯一闯。

今天的第一站是拉加里王宫遗址。我们出加查向北跨过雅鲁藏布江，沿惹塘线向西行驶四五十分钟，路遇"亲猴台"标示牌。做功课时并没有看到这处，心想：难道这大山下的公路旁还有野猴不成？行至不远，果然有一群猕猴散在路两边，有五六十之众。我慢慢让过它们向前开着车，后悔没停下来看看这些可爱的小精灵。不承想，相距七八百米处又一群猕猴出现，看来这是猴群的两个"部落"。这一次机会不能错过，我迅速停车。它们围拢上来，双眼流露出乞讨的目光。看着这些可爱的小家伙，我不禁想起《西游记》里唐玄僧西天取经的故事，眼前这些小精灵不正是在花果山上恋恋不舍送行齐天大圣的小猴儿们吗？那凹下去的大眼睛是那么可爱！我顿生怜悯之心，拿出苹果、饼干给它们。没想到这群家伙毫无教养，围在我身边争抢着食物，其中一个家伙竟然从我手中抢夺，差点把我的手腕挠破。说时迟那时快，海哥迅速掏出相机和手机，左右开弓，一边拍摄一边摄像，真实记录了

拉加里王宫周围建筑　刘纪摄影

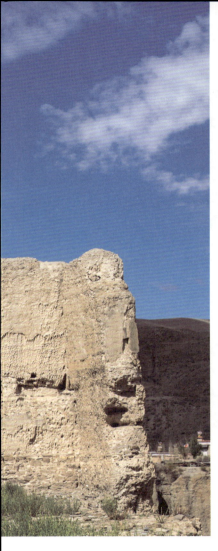

拉加里王宫甬道　刘纪摄影

拉加里王宫　刘纪摄影

昌珠寺中的藏民　刘纪摄影

海哥攀登藏王墓　刘纪摄影

藏王墓顶　刘纪摄影

阴云密布，彩旗猎猎　刘纪摄影

这难忘而滑稽的一幕。

　　两个多小时后，我们到达位于曲松县城南侧的拉加里王宫。王宫正在进行修复，只能在外围参观，不收门票。

　　王宫坐落于一个高高的大土台上，由仓库、宫殿、广场、马厩等组成。广场地面用当地一种白色小石块铺成，显得干净利落。宫殿主体坐落于广场一角，据考原有五层，现只有三层。站在空旷的拉加里王宫广场上，望着正在修复的王宫和南面的残垣断壁，一种苍凉的感觉涌上心头。倒塌的建筑开始恢复，昔日的辉煌将得以重现，人们从中可以窥视藏文化的历史。

　　游完拉加里王宫，我们驱车沿317、206、219省道去昌珠寺。初夏的阳光穿透高原稀薄的大气层照射在我们身上，晒得我们脸上痒痒的。天开始热了，我们买了冰糕，让自己凉爽一下，然后过安检进入昌珠寺。昌珠寺是吐蕃时期大规模开建的寺庙之一，相传由松赞干布主持修建。

　　看毕昌珠寺，我们驾车沿乃东路向南约六千米到达雍布拉康。雍布拉康藏语为"母子宫"，坐落在扎西次日山顶上。下午三

点，正是阳光毒烈之时，到达停车场才知该处目前因为维修谢绝参观。我们只好在山下驻足仰望，然后带着遗憾赶往三十多千米外的藏王墓。

藏王墓区坐落于琼结县境内。葬墓群占地约三百八十五平方千米，有东、西两个陵区。我们径直奔向松赞干布墓，只见墓高一二十米，墓边长近百米，一条用原石板铺成的小路通向墓顶。

此时乌云涌上，山风拂面，风马旗和经幡在空中猎猎作响。封土顶部有一寺院，里面供奉着松赞干布、文成公主和尺尊公主的像。闻着香炉飘来的阵阵香气，一种来自久远时空的苍悲之感涌上心头——历史如烟，天地莽莽，斗转星移，多少风流人物和他们的故事尽已湮没在历史长河中。

昨天看拉姆拉措实在太累，我和爱人的体力有些透支，今天有点无精打采。而海哥，昨天登顶回来后兴致犹盛，在饭店多喝了两杯，今早醒来说，昨晚胸闷气短。今天只有小青身体状况还好。

明天打算去羊卓雍措，然后赶往拉萨。

拉萨，就在眼前了。

二〇一九年六月二十五日于山南市初稿
二〇二一年九月七日于听涛轩整理

十六　乌云笼罩着羊卓雍措

儿时，山东从麦收就进入雨季，沥沥拉拉下到秋季，下得沟满河平。虽然现在气候变暖、雨水少了，但到了季节，也时不时阴天，或飘上一阵雨。西行以来，尤其是进藏后天气出奇地好，阳光明媚，即便有些云，或朵朵，或片片，或叠叠层层，也好像只为点缀湛蓝的天空，今天的天空也是如此。

早上九点半出发，向北过泽当雅江大桥，上泽贡高速，转101、307省道到达羊卓雍措。今天的行程让我们多了一份激动和期盼——游完羊卓雍措我们要进入拉萨了。

羊卓雍措位于拉萨西南约七十千米的山南市浪卡子县境内，是喜马拉雅山北麓最大的内陆湖泊，海拔四千四百四十一米。

我们沿307国道向羊卓雍措山口进发，途中大多是荒凉的山脊，偶有一棵绿树也显得那么突兀。汽车向山顶盘旋进发，路遇两个藏族村寨。它们靠公路依山而建，从新旧程度看大部分是近些年建造的。藏居外墙就地取材用石头砌起，然后刷成白色，外墙贴满了湿牛粪，不难让人想到樟树的老树皮。墙头也没闲，垒着一层层已经晒好的干牛粪。这些干牛粪是藏民传统的取火燃料，夏天用来做饭，冬天用来取暖。

现在，我们已经习惯了"大白"发出的艰难喘气声。它喘着粗气终于爬上山口，把羊卓雍措呈现在我们面前。我们站在湖北岸的山巅，俯视着羊卓雍措，它的美用大气磅礴来形容一点都不过分。湖面呈躺倒的元宝形，好似把它周围的高山峻岭拥在怀中。

小羊羔正在等待游人来抱　刘纪摄影

羊卓雍措旁边的山体　刘纪摄影

　　羊卓雍措的湖水清澈而透着湛蓝的光，像蓝宝石一样蓝，空气温润。举目远望，远处重峦叠嶂，灰蒙蒙一片，天与山的连接处露出一道如银龙般的雪线，那就是喜马拉雅山。

　　凡去过羊卓雍措的人，都知道它的美——山美水美，但并不是每个人都知道它如果再配上浓浓的云雾到底有多美。山高了，人们摸不透藏在山后云的脾气。我们在山脚下仰望天空时，天空还是蓝天白云相间。到达山顶后，来自喜马拉雅山的成片乌云像千军万马渐渐向我们涌来。不多时，乌云就布满天空，空气中渗着凉气和水汽。乌云在羊卓雍措上空翻滚挪腾，一层层，一团团，一簇簇，不时变换着阵容。远处，乌云终于耐不住性子，在乌云下端拉出一道道弦丝，将它的爱洒向大地，洒向湖泊。我们被这美轮美奂的美景所惊艳，迅速用相机留住这一珍贵时刻。有两位小姑娘坐在草地上，面对着美景，在尽情自拍，把自己的青春融进这美丽的画卷。

羊卓雍措　刘纪摄影

　　羊卓雍措停车场左边是一座圆圆的山体，光秃秃的，山脚稀疏的青草艰难地与寒冷抗争，展现着自己的顽强生命力。我漫步到半山腰，这里游人较少，可以暂时避开喧闹，望远抒怀。举目远眺，大好河山尽收眼帘——湛蓝静谧的湖面、辽远无际的山峦、恢宏苍茫的天空。面对这些，也许你会敬佩创造大自然的神秘力量，也许你会顿悟万物的开始与终结，也许你会重新审视人在大自然中的位置，也许你会化解心中所有的烦恼与忧伤……这也许就是旅游的意义之所在吧。

　　今天，尽管我们已到达海拔四千九百九十八米处，但除活动大时感到气短外，并无明显不适。

　　游罢羊卓雍措，我们于下午六点四十分启程赶往拉萨。

　　下高速到拉萨市中心还有一段长路要走。当我们驾车终于行至布达拉宫广场，既熟悉又陌生的布达拉宫突然出现在我们眼前时，心中的激情不免涌

极端天气下的羊卓雍措　刘纪摄影

羊卓雍措留影　刘纪摄影

动起来，两位女士不禁发出尖叫！是啊，这是我们一路奔波的终点，是我们向往已久的目的地！

拉萨——我们来了！

布达拉宫——我们来了！

这是一片圣土，这是一方圣地！喉咙有些哽咽，眼角有些湿润。

可以说，拉萨和布达拉宫几乎无人不知无人不晓，但身临其境的人很少，人们大都通过各种媒体了解它们。进西藏来拉萨游布达拉宫，是很多人的愿望。我们冒着高反的风险，一路千辛万苦，今天终于踏进拉萨，怎能不激动？

我们把住宿安排在紧邻布达拉宫广场的酒店，尽管收费高一点，但出行方便。俗话说，穷家富路嘛。我们将在这里参观游览几天，也权作休整，有必要住得好一点。

游完拉萨后，我们要向日喀则出发，然后沿219国道奔向新疆喀什。

二〇一九年六月二十六日于拉萨初稿

二〇二一年九月七日于听涛轩整理

十七　初来拉萨

从昨天进入拉萨那一刻起，我们就一直沉浸在兴奋中。十几天的艰难历程就是为了这一刻，我们终于到达目的地。今天天不亮我们就起床了，五点多钟出发赶往位于布达拉宫西南方向的药王山拍摄早霞中的布达拉宫，因为早霞和夕阳中的布达拉宫才是最美的。

说实话，对于拍旅游景点我非常反感。后来，我到北京摄影函授学院学习，跟着山东省摄协副主席、潍坊摄协主席唐国志老师学习拍人文景观，自此更是对风光片了无兴趣。唐老师对学员们人文拍摄作业的点评，让我深受启发，从此我彻底爱上了人文纪实摄影。海哥对风光片情有独钟，小青是新手更不用说。对新手来说，拍什么都好，尤其是拍风光片。

大部分来拉萨拍摄布达拉宫的摄影师会上药王山找机位。药王山坐落于布达拉宫西南几十米，与红山同高，与布达拉宫呈四十度角，确实是拍布达拉宫的好位置。药王山，原来与布达拉宫所在的红山本为一体，后来为了修筑道路才将两山分隔开。

人们趋之若鹜来药王山拍布达拉宫的另一个原因，是第五套五十元人民币背面的图案就是布达拉宫。据说，当年造币厂两位高级美工师来拉萨考察，在一个水厂屋顶选取了布达拉宫的最佳位置，根据拍摄的照片设计了五十元人民币背面图案。现在，当年的水厂已不复存在，但药王山刚好在那个角度和高度，因此人们就用此山的位置代替水厂的位置。

今天多云，太阳从云中射出第一束光时已是八点多，光线刺眼。这光线已经不是我们所需要的了，我们错过了太阳刚刚从地平线升起后的黄金一小时，好可

布达拉宫的早晨 刘纪摄影

布达拉宫 刘纪摄影

布达拉宫前的白塔 刘纪摄影

时尚无处不在
刘纪摄影

惜。拍风景，摄影师最喜欢的光线是太阳初升后一个多小时里发出的光芒，这时的光有角度、温柔、温润。天气不作美，我们只好马马虎虎拍了几张，悻悻而归。

参观布达拉宫和大昭寺的门票都需要提前预约，今天没买上这两处的门票，所以我们先去八角街。在拉萨游览，可以把不要门票的景点作为备选，先去要门票的景点，如果要门票的景点排队时间长，就去不要门票的景点，这样可以节省等待的时间。

八角街距离布达拉宫东不到两千米，步行大约需要二十分钟。八角街是大部分进藏游客到拉萨必须去的地方，是拉萨著名的商业中心和转经道，是了解西藏经济、商业、文化、宗教的窗口。高原的天空个性鲜明，阴天时，清爽凉快；太日当空时，酷热难当。今天，天气格外晴朗。为了避开炽热的阳光，我们选择下午五点去八角街游览拍片。即使如此，走在路上后背还是被晒到痛。

八角街管控得非常严，进入时要安检。一进八角街，我们立刻被人流所淹没。初来乍到的我们，对这里的一切都感到好奇，包括藏族同胞的长相、服饰、动作，当然还有玲珑满目的商品。沿街两侧，密密麻麻布满店铺，经营着各种商品，从首饰、珠宝、银器、工艺品到服装、食品、土特产等，一应俱全。这里汇集了来自全国各地的游客，所以整个街区显得比较繁华。

这次西行，收获最大的当数小青。她还是个摄影新手，刚买的相机使用还不熟练。正巧，海哥也买了同品牌、同型号相机，小青有机会便向海哥讨教。再经过我和海哥手把手教教她构图取景立意归纳，她的摄影技术突飞猛进。

小青最大的收获是一路走一路留下了美好的靓影。出发前，海哥曾承诺给她拍一百张个人照，小青依着这个承诺，每到一处就缠着海哥为她前后左右地拍，到现在恐怕一千张也有了。

前方传来消息，今天没买上明天游览布达拉宫和大昭寺的门票，预约的是后天的门票。既来之则安之，千里迢迢来此，多休息一天也未尝不可。好友立国也来信提醒说，来趟拉萨不易，多待两天，多感受一下当地的文化。何况，我们住的酒店条件不错，处在布达拉宫和八角街之间，去两处都不远，趁着空闲在周围转转也不错。只是这干燥的空气实在难挨啊。

二〇一九年六月二十七日于拉萨初稿

二〇二一年九月八日于听涛轩整理

十八　亚东的美只能用诗述说

不管别人怎么说，反正对我来说，拉萨的气候并不怎么好，最大的缺点是干燥和缺氧。空气干燥使我的上呼吸道始终处于紧绷状态，鼻腔和上颚好似有一团火燎得难受，这种情况是在家乡时从未发生过的。缺氧的状况也很突出。本来这里海拔只有三千六百米，不至于把一路走来已经适应高原的我们弄得无精打采，但昨天晚上我们都不同程度地发生了高反，我喘不上气被憋起来两次，一晚只睡了三个小时。

今早七点半，太阳刚升起不久，我们就出发向西行驶。

进藏的人至拉萨后，有人会就此回返；有的人会继续向西去珠峰大本营，然后回返；还有的人会向西走219国道进阿里去新疆。我们打算去新疆，当然这也要看接下来我们的身体状况和意志如何。

我们拐入307省道，然后爬上海拔四千九百米的岗巴拉山。我们已经适应汽车高海拔蜗行的节奏，悠着速度，悠着心情。这次，我们又来到羊卓雍措，不过只是路过，没有驻足。我们贴着羊湖向南一路行进，走走拍拍，赶到亚东已是晚上七点半。全天行程五百千米，耗时十二个小时。昨晚没休息好，身体很疲惫，幸亏途中两位女士轮流开车四个小时，不然我非累趴不可。

为什么要来亚东？让我们把地图打开，把目光移向我国西南方向。在我国和印度、不丹三国的结合处，西藏有一块像楔子一样的土地处于印度和不丹之间，这就是亚东。它独特的地理位置，决定了它具有与众不同的风景，而且不用买门票，一路走一路看，只那匆匆掠过的景色就会把你迷醉。

今天，风和日丽，非常适合驾车旅行，如果昨晚休息好，今天我们一定有非常好的情致。逃离拉萨不适气候环境的心理缓释了昨晚高反带来的低沉情绪。海哥打开手机，把音量调到最大，一曲降央卓玛演唱的《那一天》在车厢内回荡：

……

那一日，我闭目在经殿的香雾中，蓦然听见你诵经中的真言；

那一夜，我摇动所有的经筒，不为超度，只为触摸你的指尖；

那一年，磕长头匍匐在山路，不为觐见，只为贴着你的温暖；

那一世，转山转水转佛塔，不为修来世，只为途中与你相见；

那一瞬，我一飞哦飞成仙，不为来世，只为有你喜乐平安；

……

这是一首伤感的歌，随着悠扬婉转的旋律，忧伤的气氛开始在车内蔓延。当然，对歌词的理解各有不同，犹如我们对眼前的景色各有不同的感受和解读一样，但我想这首歌在我们心灵深处激起的漪涟却是相同的。

我们爬上海拔四千八百米高的羊卓雍措山顶，顺势前行，然后沿着羊卓雍措湖一路南下。眼前，光秃秃的山峦像一座座巨大的土丘连成一片。不远处，从雪山上流淌下来的雪水汇聚成河，伴着我们的车轮向前奔流，使我们的行程少了些许寂寞。

进入江孜地界，宽敞的柏油公路向前逶迤延伸，也把我们的梦想引向远方。远处的雪山在阳光照射下发出耀眼的光芒，偶有片片白云飘过，仿佛为雪山盖上了棉被。沿途，有戈壁，大小不一的碎石在风的细语中互相传递着爱的摩擦；有沙漠，细小的沙粒在阳光的抚摸下悄悄地不被人察觉地重组它们的队形；有草甸，郁郁葱葱的青草，吸引着牛羊前来寻觅可口的美食；有江河，奔涌向前，为大自然添上生动的画面和悦耳的音响——所有这一切，仿佛是不断为雪山更换的布景。两位女士在这突入眼帘、不断变换的美景面前兴奋地大叫起来，说从来没有见过如此壮美的画卷。坐在车里，向前看是景，向后看是景，向左、向右看还是景，这一路都被这些景色三百六十度环绕。

卡若拉冰川　刘纪摄影

沿途的山峦　刘纪摄影

亚东还有温泉、湖泊、寺庙，有草原，有满山遍野的油菜花。只要你决意去亚东，只要在路上走一走、看一看，你就可以大饱眼福——这就是亚东的魅力！

亚东位于西藏自治区日喀则市东南部，向南呈楔状处于印度和不丹之间，为西藏自治区边境县之一。亚东位于喜马拉雅山中段，旅游资源十分丰富，号称"西藏江南"，主要有"一泉两寺、一湖一山、一草一木"，即康布温泉、东嘎寺、嘎举寺、多庆湖、卓木拉日雪山、帕里草原、下亚东原始森林等风光。小城干净整洁，有因与印度和不丹接壤而形成的独特的边陲小镇风情。我们安顿下来后，便沿着起伏不平的道路踏访小城。藏式小居和店

宽敞的公路　刘纪摄影

铺大部分都是两层，有的古朴，显现出藏族文化特点；有的现代，包含着几何元素；还有的借鉴了邻国的装饰风格，使我们有身处异国他乡的感觉。

我在旅途中喜欢从美学角度欣赏一切，因为美的元素不仅反映美本身，还反映当地的经济和文化水平。所以，我每到一地就愿到工艺品店走一走。我们来到一家有代表性的工艺小店，里面的工艺品都很精致，不但具有藏文化特色，还兼具邻国的风格。这里同时兼卖当地的土特产，如蜂蜜、木耳、虫草、花香、花茶，价格非常亲民。

这里的小酒馆也很多，有当地人开的，也有外地人开的，有不同的口味，适应各类人群。路两边的小商店，有卖杂货的，有卖旅游纪念品的，也有卖副食品的，琳琅满目。

即便在家，白天我也很少有闲致的心情去逛街，而今天，走在边陲小城的路上，看着有些不一样的面孔，看着路旁的小店，看着精致别样的藏式小居，别有一番雅兴和创作冲动，全然忘了一天的劳顿。我们拿出相机，寻觅着拍摄对象。

旅游，不仅要看山看水，风土人情也是体验的一个重要方面。今天，亚东的山、亚东的水、亚东的风土人情以三百六十度的视角展现在我们面前，给我们留下了深刻印象。亚东像一颗悬在天边的宝石，等待着远方的诗人们

山、小桥、流水、油菜花　刘纪摄影

地壳运动把大地揉成面团　刘纪摄影

亚东的美
刘纪摄影

来赞美她。

　　离开拉萨，我呼吸不畅的状况有所缓解，而到了亚东，呼吸着当地的湿润空气，病好了大半，心情也渐渐好起来。海哥来时前半程迷糊，可能是因为翻越喜马拉雅山时引起了高反。小青也头晕，我很担心她脑部出现问题。看来，高反随时都可能出现，并不是有过一两次以后就不发生了，必须时刻注意。我爱人一直默默地坐在后排，欣赏着大自然的美景，有时替我开一会儿车，看来她抗高反的能力比我们强。出门在外，我们四人就是一个整体，任何人都不能掉队。

　　我们走在小城的路上，有说有笑，活动着筋骨，拍着照，脸上洋溢着快乐和幸福。海拔表显示此地为海拔二千九百五十四米，大家说好长时间没在海拔三千米以下住宿了，今晚要好好睡一觉。我们找了一个小酒馆，要了几个菜，用美酒和笑声拂去一天的疲劳。

　　　　　　　　　　　　　　二〇一九年六月三十日于亚东初稿
　　　　　　　　　　　　　　二〇二一年九月九日于听涛轩整理

十九　向日喀则进发

　　相较于拉萨，亚东的早晨冷飕飕的。小城坐落在山沟里，四面皆是山，绿色的植被将山体覆盖，偶有露出的黄褐岩石。这绿色，这空气，这独具风情的建筑，这幽静的环境，确是我喜欢的样子。这次西行是我一生中最自豪的经历之一。我建议来西藏的朋友，不管行程多么紧张，一定要来亚东。

　　亚东有温泉，有湖泊，有寺庙，有草原，但亚东的美绝不是单单靠那几个景区所支撑。透过车窗，一路上的风光就完全可以把你灌醉，而无须钻沟爬山、舍近求远。所以，我们决定舍弃那些被圈起来的景点，启程返回，继续观赏沿途风光。

　　吃过早饭，我们开始了北上日喀则、途中参观宗山古堡和扎什伦布寺的旅程。

　　回头是岸说的是人生，回头是景说的是摄影。一个回字，道出了蕴藏在人生和摄影之中的哲理。回望人生，绚丽的时刻往往已是过去。向后看时，美景往往即在身后。

　　我们盘盘绕绕驶出进出县城的山路，行驶在去江孜的219国道上。此时，远处的卓木拉日雪山突然从群山之间跳入眼帘。来时我们并没有发现她竟如此美丽而令人震撼，可能是因为来时她被云雾所遮挡，也可能是因为我们今天换了一个角度去看。今天，天蓝得通透，点缀着几朵很小的白云。在蓝色天空映衬下，卓木拉日雪山显得格外高贵华丽，那陡峭的山峰、夺目的白雪、半山腰像白色哈达一样的白云，无不让人惊艳感叹，崇敬之情陡然而生。我们停下车，美丽的卓木拉日雪山随着快门的"咔嚓"声永远印记在我

牛群 刘纪摄影

们的相机里，也永远留在我们心中。

从亚东出来后，我们几乎一直在海拔四千米以上的高度，除我爱人以外我们仨又一次发生了高反：胸闷气短，头晕肚胀。但在卓木拉日雪山的绝世美景面前，我们克服了不适，专心致志地投入拍摄中。海哥、小青特别兴奋，将许多美景收入相机中。尤其是小青，每当一幅图片得到海哥的称赞时，她银铃一样的笑声马上传遍山野。在接下来的行程中，这种欢乐的气氛一直持续着。

从摄影的角度说，今天最好的景致应该是在途中遇到的牛群。上午九点多钟，太阳照射在大地上，平展宽阔的柏油公路伸向远方。路右侧，雪山在阳光中展示着它的洁白。雪山脚下，茫茫的沼泽地水草青青，斑驳破碎的水面像撒满大地的碎银闪闪发亮。忽然，一牛群出现挡住了我们的去路。这群牛大约有几百头，我只能驾车慢慢从牛群隙缝中穿过。我忽然想到，这雪山、这草地、这牛群，还有那放牛人不正是绝佳的拍摄素材吗？停下车，当牛群、雪山、草地、牧人汇聚在一个画面上时，我迅速用相机记录下这一切。

这次西行，我每天驾车十几个小时，疲惫和高反使我无暇详细做路书，更没有详细探究当地的政治、经济、文化和风俗。按说，要想有精准高质量的旅行，必须对上述诸项做功课。怎奈行色匆匆，又加上疲困和高反，我们只好参照地图打一枪换一个地方。

中午时分，我们抵达宗山古堡。宗山古堡坐落于西藏江孜县城。"宗"是

卓木拉日　刘纪摄影　　藏居一条街　刘纪摄影

亚东的美不时让我们停下脚步　刘纪摄影　　尼泊尔领事处旧址　刘纪摄影

雪山之下牧牛忙　刘纪摄影　　藏居一角　刘纪摄影

宗山古堡　刘纪摄影　　格鲁派风格藏居　刘纪摄影

西藏以前的行政单位，相当于现在的县。

江孜土地富庶，物产丰富，历史上是各种势力的必争之地。一九〇三年，英国侵略军从亚东、帕里一线，直向西藏腹心地带挺进，一九〇四年四月占领了江孜。西藏军民奋起抵抗，凭借大刀、长矛和石头等简陋的武器浴血抵御英国侵略军的洋枪、洋炮。

我们并没有刻意安排游览宗山古堡，只是因为我们去日喀则要路过此地，所以顺路到此一游。

当汽车跟着地图导航兜兜转转来到古堡城下时，我们才发现古堡孤零零地矗立在一座小山上，呈一夫当关、万夫莫开之势。山虽不高，但在烈日炎炎下，我望着山顶顿生怯意，爱人和小青也附和我不想爬，海哥只好一人勇闯宗山古堡。

我与小青趁海哥爬山之际，拿着相机在山脚下转悠，这才发现前面有一个藏族群落。进藏后，一直想找机会近距离接触藏居和藏民，终因语言不通而未能如愿，现在藏居、藏民就在眼前，真乃得来全不费工夫。街道蜿蜒一二百米，大体呈南北向，宽七八米，路面用石块铺成。路两边的藏居都是两层，砖石土木结构，有的保留着古朴的原貌，有的焕然一新，刷着藏居独有的颜色。我抓紧时间将藏居拍了一遍。小青也不甘落后，拍拍停停。

正拍着，忽见一标牌，上书：尼泊尔领事处旧址。细看，那屋用乱石砌成，共两层，一层不足两米，共两间门面，不足五米宽。我恍然间觉得，这条斜石街和它两边的藏居可能不是普通的藏民居所，它们可能是蕴藏着丰富历史内涵的古代藏族建筑群。目前，我还没来得及细考，只是保留了第一手图片资料，留待日后详细追索，也希望有兴趣的朋友去实地探索。

参观完后到市中心酒店安顿好，就近找到一个饭店，要上几盘炒菜、韭菜水饺和酒水，谈笑声涤荡了一天的疲乏。

明天，赴珠峰大本营。

二〇一九年七月一日于日喀则初稿
二〇二一年九月九日于听涛轩整理

二十　珠穆朗玛峰，我们来了！

今天实在太累，连日记都不想写了。

早上七点半从日喀则出发，直到晚上九点半在位于白坝的酒店宿下，一路上开车、爬山、拍摄，即便对年轻人来说也算够辛苦的了，何况对于一个六十多岁的老人来说。

昨晚看地图发现去珠峰的路程较长，所以尽管昨天比较累，今早也七点半便启程了。

西出日喀则，不敢怠慢，沿318国道一路向珠峰进发。途经海拔五千二百米高的措拉山口，至拉孜向南继续沿318国道行驶。由于限速和缺氧，车速较慢。在西藏，尽管地域辽阔，车也不是很多，但由于限速，游人必须以一种悠然的心态出行，否则非超速不可。西藏限速，一般采取路段限速，分两种形式：一种是发路条，A点发条，B点收条，规定A点到B点的用时，超时可以，缩时就要被批评教育或罚款；另一种是摄像头记录，如果超速，等着罚款扣分就行了。

汽车行驶在大山脚下，车窗外光秃秃的山体慢慢向后移动，了然无趣。一只苍鹰翱翔在天空中，漫不经心地注视着腹下沉寂的世界。眼前的一切被灰黄色所笼罩，显得死气沉沉毫无生机，只有在山脚下偶尔冒出的星星绿草才给予人们一点点生的希望。满目的沟壑，将大山雕刻成饱经岁月的老人，那遍布的皱纹，更使人感到它的沧桑。大地就这样静躺着度过了几百年、几千年、几万年，与日月做伴，同星空相诉。山脚下，偶有三两头瘦骨嶙峋的黑牛，低着头艰难而可怜地寻觅着维持生命的食物。人在此时，才懂得生命的可贵和美好。

再往前走，就进入珠峰生态保护区了。这里的土层很薄，上面覆盖着经年累月遗留下来的毛茸茸的草皮。虽时值初夏，草皮仍然泛着褐色，没有一点绿的意思，想必是在顽强地等待从喜马拉雅山那边遗漏的细雨来重新唤起生命的历程。这里的生态已然非常脆弱。

行进中，不时遇到藏羚羊，它们灰褐色的皮毛与大地融为一体，只有那灵动的眼睛表明它们是鲜活的生命。这是大自然赐给青藏高原的精灵。过去，它们成为猎人枪下的牺牲品，在草原上几近灭绝。现在，藏羚羊已是保护动物，良好的保护措施已使它们和人类和谐相处，但它们仍然用机警的眼神审视着我们。

上午十一点，我们来到珠峰自然保护区门口。据说这道门刚设立不久，人和车均要买票。据工作人员介绍，从此门到达珠峰出发点，还需行驶四个小时。

去珠峰的路险峻得连我这个具有二十五年驾龄、行驶五十万千米的老司机都不曾见过，前几天走过的十八弯、七十二拐相较于它，那真是小巫见大巫。山路缠绕在山上，在山间翻腾，汽车要从山脚下冲到海拔五千多米高的山顶，再盘旋冲下山去。这无论是对司机的毅力、技术还是对司机的耐力来说都是非常严峻的挑战，必须胆大心细，稍不留神就会车毁人亡。我稳稳握住方向盘，全神贯注地看着前方，手心的汗湿透手套。海哥坐在副驾驶座上，双手紧紧抓住扶手，两眼瞪着前方，我仿佛能听到他的心跳。两位女士坐在后排，没有了往日旅途中的欢笑，鸦雀无声。爱人将目光从车外移向车内，像鸵鸟一样蜷缩在那里。她恐高，她试图以这种方式逃避恐惧。

这一片隆起的大地，在远古是海底，路途中不时有藏民兜售贝壳等海洋生物化石。下午四点多，我们终于赶到珠峰出发点。买完票由景区的游览车统一送到绒布寺，然后再步行一段路程到达新珠峰大本营。

绒布寺海拔五千一百四十米，是世界上海拔最高的寺庙。由于已经游览过几座具有代表性的寺庙，所以我们决定直接到攀登珠峰的出发地。据说，现在游人允许到达的地点海拔只有四千九百七十二米，原来的大本营海拔为五千二百米。现在游人到达的地方其实是珠峰高程测量点。珠峰八千八百四十四米点四三米的高度是二〇〇五年在此测量的，有石碑为证。

我们在海拔几近五千米的高度上行走，脚步自然来不得半点马虎。当我们来到珠峰出发地时，一幅壮丽的画卷呈现在我们面前：两座雄伟的山体仿佛两个门神把守左右两边，在夕阳的映照下，亮处显得高傲而华贵，暗处则显得深沉而阴郁。两大山体中间是一个巨大的豁口，透过豁口向前望去，一大团白雾簇拥着一座雪山。雪山雍容华贵，在阳光的照射下，发出耀眼的光芒。我们误认为这就是珠峰，急急地拍照留念。正待离去，一位在巨石后面避风的影友说："你们来趟不容易，不等一等珠峰出来吗？"我们这才明白，原来我们看到的雪山是"李鬼"，真正的珠峰隐藏在那团白云中。我们听从影友的建议，在山石后躲避着猎猎山风，等待珠峰出现。

珠穆朗玛峰是喜马拉雅山脉的主峰，海拔八千八百四十四点四三米，是世界上最高的山峰。山的那边，是尼泊尔。我二〇一六年去过那里，用相机从山的南面记录下了它的面容。当年从尼泊尔加德满都返回成都时，飞机飞越珠峰，我又以俯视的角度拍过珠峰。今天，我要从北面把它留在我的相机里。从南、北、上三个角度拍摄珠峰，这不是容易做到的事情。想到此，我不免激动起来。

现在，我们正处在珠峰脚下，山风呼啸着，吹得山石啸啸作响，卷起经幡猎猎。山涧里，雪山融化的雪水仗着山势，翻着白色的浪花咆哮奔腾着，与经幡发出的猎猎之声混杂在一起，在山谷中形成强大的轰鸣声，震撼着空灵的山谷，也震撼着我们每一个人的心灵。

冰雪融化的江水带来冷气。我上身只穿一件薄羽绒服，下身着一条单裤，在寒冷的山风面前如树末秋蝉，只有挨冻的份儿，两膝刺痛。我只好躲在一块山石后面避风，像固守阵地的士兵等待珠峰出现。海哥今天准备周全，全身裹得严严实实，风吹不进，寒刺不透，一副优哉游哉的样子。小青也很机灵，套上护膝，防寒保暖。

约一个小时后，笼罩珠峰的云团被强劲的南风吹走，珠峰渐渐露出神秘的面容。她，像一面高耸的旗帜，迎着从东南亚吹来的海风顽强地屹立着。强劲的风卷起霍霍风旗，也撕裂着缠在珠峰身上的团云，使珠峰雄伟的身姿时隐时现地展现在我们面前——这就是世界的最高点！

喜马拉雅山　刘纪摄影

回望走过的珠峰路不寒而栗　刘纪摄影

两座雄伟的山体仿佛两个门神把守在两边　刘纪摄影

在这庄严的时刻，面对神圣的珠穆朗玛峰，我大声喊出我的祝福："珠穆朗玛峰！我们来了！请您保护、保佑我的家人和我的朋友！"我的祝福声迅速被山风吹散，飘向远方，飘向生我养我的齐鲁大地。我有些哽咽，眼窝中有泪珠在转。此时，我们忘记了寒风，忘记了一天的疲惫，迅速调整着心态和相机参数，稳稳地将珠峰的容颜定格在我们的相机里，定格在我们的记忆里。

珠穆朗玛峰渐露真容　刘纪摄影

珠峰留影　小青供图

由于恶劣的气候环境，看到珠峰非常不易，它不是来西藏的游人都能看到的。我们能如愿以偿地见到她，是对我们千里迢迢奔赴而来虔诚精神的奖赏。

从珠峰启程返回已是晚上七点四十分，在宾馆安顿好已是晚上九点多。疲惫涌上全身，顾不上吃饭，顾不上写日记，倒头便睡。

二〇一九年七月二日于白坝初稿
二〇二一年九月九日于听涛轩整理

二十一 艰难的历程

今天早晨，我们面临着抉择。摆在我们面前的有两种选择：一是原路返回，到拉萨后向北走109国道，经那曲、格尔木游览茶卡盐湖和青海湖，然后返回山东；二是从318国道上219国道向西去新疆喀什，然后从喀什向北游览新疆北部返回山东。第一种选择保险、安全，一般进出西藏的人都会选择这条路线，但不具挑战性。第二种选择，从我们住的白坝到达喀什共两千五百千米，用时大约五天。此路海拔都在四千五百米左右，要翻过三座海拔高五千米和两座高四千九百米的山。这条路只能往前冲不能往后退，如果出现特殊情况只能听天由命。

出发前，我把这一情况再一次向大家说明，让大家权衡利弊。我观察着大家的表情：海哥有些犹豫不决，拿不定主意；小青听说走219国道会错过茶卡盐湖和青海湖而感到惋惜，但又不想放弃进军世界屋脊的机会，处于左右两难的境地；爱人默不吱声，听从大家意见。此时，我行使队长的权力，果断决定走219国道，向世界屋脊进发！

今天的征程与以往不同，它标志着我们西行的旅程进入第二个阶段。这是一段冒险之旅，是考验我们意志和身体的艰难的历程，是令人终生难忘的经历！

出发前，大家别有一番心情。面对未知的前程，我们像即将冲锋陷阵的战士，虽然面无表情，但多了一份庄严的仪式感。

早上八点半，我们正式出发。原打算在萨嘎住宿，赶到时看时间还早，海哥建议说尽量向前赶。海哥凭经验预估行程中可能会发生多变的情况。此话正合大家心意，我们便快马加鞭又赶了三百四十千米的路，晚上八点赶

阿里的美　刘纪摄影

到仲巴县帕羊镇，全天行程用时十一个半小时。

　　我们今天几乎全都行驶在海拔四千五百米以上的路上，在这样的高度，无论怎么加油，汽车也懒得动弹。车窗外，大地苍茫，两侧的山体绵延相连，像在夹道欢迎我们这些远道而来的客人。道路一会儿平展，一会儿蜿蜒曲折，一会儿盘旋。路两旁的沟里不时出现无主的私家车，从新旧程度看，这些车在这里已经有段时间了，想必是掉在沟里无法施援或者损坏无法修理被主人无奈地抛弃了。

　　阿里几乎是无人区，辽阔的大地显得无比苍凉，草艰难地长着，泛着一层微薄的绿色，偶有几头黑牦牛出现在远处。天空有些灰，与褐色的大地融为一体，如果不是那像在河面漂浮着的树叶一样的白色流云，天地完全是一个混沌的世界。几片从喜马拉雅深处逃逸过来的小朵白云，利用最后一点力量展示着美好，稍后便被风无情地撕裂，消失得无影无踪。我想人生也不过如此，多少英雄豪杰、贤达志士、文人墨客，最终都要归入时光的长河里。

天边露出一条缝隙　刘纪摄影

高原的天是孩子的脸，说变就变。转眼间，一片乌云涌上来，将半个天空遮得严严实实。远处天地之间露出一道白隙，仿佛是天与地的分界线。

二十多天来，高反对我们来说已是常态，但我们估摸不透它何时能造成我们承受不起的伤害，所以提心吊胆、战战兢兢。今天除我爱人外，我们三人全部发生了高反，严重的窒息感像巨石一样压迫着心胸。我们三人对高反表现得各有不同。我，今天早上四点十五分醒来，补写昨天的日记后本想再睡会，但憋气难受，胃胀恶心，没有食欲。小青，原本嘻嘻哈哈的，被憋得无力欢笑，脸色发青，哭丧着脸，显然在忍受着缺氧的痛苦。海哥，昨晚只睡了一个半小时就被憋醒，再也无法入睡，只好摸黑逛街，像一头孤独的狼。今晚到达宿营地后，海哥脸色暗红，而他平时的脸色一直都是白里透红的。他这种脸色我以前从未见过，看来事情不是那么简单。

帕羊，是距离西藏仲巴县不远的一个镇，相传格萨尔王曾带兵在此作战，此处因水草丰美成为其牧场，故得帕羊一名。此镇南有喜马拉雅山脉，北有冈底斯山脉，海拔四千六百米，因219国道从其穿过，所以过往游客一般选择在此投宿。这里的海拔实在太高，所以旅馆大多是藏族人开的。我们担心与藏族同胞语言不通，习惯不同，就沿街找汉族人开的旅馆。我们沿街

乌云挡住去路　刘纪摄影

走了一个来回，终于找到一个汉族人开的宾馆住下。和我们同时入住的还有一辆军车上下来的七八个战士，这让我们心中多了几分安全感。此时已近傍晚，我们打算向店老板点上简单的饭，然后休息。我开车累，到哪先是坐着休息。海哥抓紧时间到外面踩点，看有无可拍的素材。不一会儿，一群藏族小孩围拢过来。在这高原之上，孩子们对我们感到好奇，纷纷用在学校学的汉语和我们交流。他们活泼可爱，天真无邪的眼神使我想起我的童年。无忧无虑的孩童时代已一去不返，想来心有无限惆怅。我从口袋里拿出巧克力分给他们，孩子们抢着要。巧克力不够分，一个小孩没分到，只好用糖果代替。这些巧克力还是海哥两天前分给我们的，打算应急用，我还没舍得吃，现在慷慨地给了藏族小朋友。看着他们脸上绽开的笑容，我也喜上心来。笑容的力量是多么强大，如果大家脸上都挂着笑容，这世界将会多么美好。海哥抓拍了这一难忘的瞬间。

　　海哥从踩点到拍摄，加上昨晚没休息好，现在高反严重。他的脸开始变红，一种暗淡的紫色慢慢弥漫。他懒言懒语、无精打采地对我说："我感觉不舒服，上楼休息一会。"看着他摇晃的背影，我跟他来到房间。他有气无力地倚靠着床头，脸色在灯光下越发显得暗红，这明显是高反缺氧了。我赶

阿里的云　刘纪摄影

紧找爱人商量，爱人提醒说赶快吸氧。人慌无智，我这才想起带的氧气还没派上用场。我迅速下楼找出氧气罐，根据说明打开护盖调整好吸嘴，将氧气罐递给海哥。这是我们第一次使用氧气。不一会儿，海哥的缺氧状况得到缓解。稍后，我爱人端来晚饭，又泡上玉米粥让海哥喝。经过这一阵忙活，海哥的状况大有好转。睡前，我又让海哥服上了稳血压和稳心律的药，海哥渐渐入睡。

　　这段路确实不好走，很容易发生高反。明天，我们打算尽量向前赶，争取用四天时间走完219国道，提前赶到新疆喀什。

　　今后几天的路途和住宿海拔会更高，全部在海拔四千五百米以上。刚进阿里海哥就这样了，随着缺氧的持续，我真不知我们这些平均六十岁的人能否坚持到底，大自然对我们真正的考验还在后头。

二〇一九年七月三日于阿里帕羊初稿

二〇二一年九月十日于听涛轩整理

二十二　穿行在两大山脉之间

　　我们已经连续几天处于高海拔地带了，高反进一步加重了对我们的肆虐：憋气，气短，头昏脑涨，昏昏欲睡，肚胀恶心，没有食欲。在进入阿里前，我们对高反已做好心理准备，但未曾想到现实如此严酷。面对当下的窘境，后悔也来不及，只能向前冲，不能后退了。

　　我当兵时曾是篮球队员，经过几年高强度训练，对高反有一定适应能力。海哥是我们摄影圈有名的体力大户，在负重情况下跋山涉水如履平地。小青，年轻体健，以良好食欲为基础奠定起来的体力不输于任何男人，平时愉快的笑声总能感染着周围的人。爱人虽亦六十，平时保养有方，体力也好于同龄人。即便如此，我们四人在大自然面前也丝毫不敢放松警惕。现在，我们必须会喘气。这听起来非常可笑，却是我们总结出的生存窍门。在海拔低处，我们只用鼻腔喘气即可维持身体的需氧量，而现在必须鼻子和嘴同时用。走路要慢，节奏比原来要放慢一倍，因为空气中的含氧量已经下降了一半。走姿和坐姿也不用那么讲究，尽可能怎么舒服怎么来，保持体力。就是倚在床头躺下，也要分解成几个动作慢点来。上下汽车，也要将动作分解成舒缓的动作完成。吃饭也要处理好嚼、咽、喘三者之间的关系，把喘放在首要位置，以喘带嚼带咽。总之，在这里一切都要放慢节奏，要始终注意保持体力，休养生息，切不可体力消耗过大。

　　这次西行，小青被我委任为"后勤部长"，我爱人协助。小青开玩笑地说，年轻时在单位没混上个重要职务，不曾想退休后却干上了"部长"。新官上任的热情、认真自不必说，她把这方面的特长展现得淋漓尽致。我俩曾在三十多年前共事过，那时我是肉联厂的副书记，她是政工科的打字员，当时我并没发现她有管后勤方面的才能。这次西行，幸亏有她跑前跑后、安排食宿、记账，尤其是她讲价还价的本领炉火纯青。这些都是我们的旅行得以顺利进行的重要因素。

海哥昨晚发生了进藏以来最严重的高反，晚饭都不想吃。用上氧气后，情况大有好转，有了食欲，吃了我爱人端来的饭，然后又服上我平时用来治疗心脏病的药，卧床休息，一觉到天亮。高反像高原上的雨一样，来也匆匆去也匆匆。海哥醒来的第一句话就是："你的药太管用了。"然后，他精神饱满地根据昨天下午踩点的情况拍照去了。看来，他的心脏当时真的出了问题。

一起旅行，有个好队医很重要，最起码有个懂医的，以防有事抓了瞎。我从小在药材公司玩，接触过一些医药知识。参加工作后，我也爱看一些医学方面的书籍。现在，年纪大了，身体时常有恙，常去医院就诊。俗话说，久病成医，现在我的这一知半解竟然在关键时刻派上了用场。

阿里的云 刘纪摄影

在阿里感受喜马拉雅 刘纪摄影

界山达坂 刘纪摄影

阿里风光　刘纪摄影

冈底斯山脉　刘纪摄影

我们早上八点二十分启程,晚上八点二十分到达海拔四千四百米高的日土县多玛乡,并在这里住宿。

尽管阿里有山、有水、有寺庙、有森林、有古堡,但我们决定放弃这些。这有两个原因,一是这些东西除土林以外我们都看过有代表性的了;二是现在我们都已发生严重高反,不知道是否能在这世界屋脊上继续坚持前行。

汽车仍然无精打采地前行,好像它有意放慢脚步让我们欣赏大自然的景色。我们行驶在两大山脉中间,高山阻挡着我们的视线。路左那白雪皑皑的喜马拉雅山脉,那白色的群山像一条银龙,在朝霞的映衬下为我们保驾护航。

喜马拉雅山脉阻挡了印度洋吹来的湿润空气,使它的南、北形成两个完全不同的世界。现在,我们正忍着缺氧的煎熬,欣赏着喜马拉雅在其北面绘制的画卷:黄褐色的山峦、黄色的沙漠、明净的湿滩、绿色的草原,偶见牛、羊、马在自由自在地觅食。我们西行以来很少在高原上见到马,这些马是不是预示着我们快进入新疆了?公路有时像一条直线无限延伸,一直延伸到天际;有时像一盘螺旋的蚊香在山间盘旋,指引我们奔向远方。

路右是冈底斯山。其山名以前略知,但了解得并不多。我们离冈底斯山很近,有时就行驶在它脚下。眼前的冈底斯山巍峨壮美,山峦起伏,像一串巨大的珍珠撒在高原大地上。

今天,我们大都行驶在海拔四千五百米以上的高度,先后翻过了海拔五千二百一十一米的马攸木拉山和海拔五千一百九十一米的拉梅拉达坂山。海哥今天仍然有些不适,以至于他感觉身上的衣服像是捆绑自己的镣铐。他将上衣解开,用手将汽车保险带撑开,以缓解它们对他的束缚,但仍然感到憋气,不停地大口喘着粗气。小青被海哥昨晚的高反症状吓怕了,做了一晚上噩梦,没怎么休息好,但她今天精神状态很好,见我憋气、恶心难忍,主动替我驾车两三个小时。我虽然也发生了高反,但似乎比海哥耐受。爱人只是感觉乏困,无精打采,这也是高反的症状之一。

　　现在我们还有一百六十千米就驶离西藏了。虽然高反使我们有想尽快逃离西藏的感觉，但一想到与它相伴的这些日日夜夜，我们又有些留恋。

　　我们原打算五天走完阿里，现在看来可以用三天穿越。让人期盼的阿里，即使什么都不做，单单穿越，对普通人来说也是极大的挑战和考验。

　　目前，我们距下一个大目标喀什还有一千一百五十千米。明天我们要赶到新疆叶城。

二〇一九年七月四日于日土县多玛乡初稿

二〇二一年九月十日于听涛轩整理

二十三 "胜利大逃亡"

请允许我借用一部电影的名字来作为本篇的标题，因为虽然我们的"逃亡"不那么轰轰烈烈，但它对我们内心的震撼一点不亚于电影本身，以至于当现在回忆起这次"逃亡"，我们仍然心有余悸。

尽管阿里风景如画，但连续几天处在高海拔地区，我和海哥都有些吃不消。昨晚十二点我写完日记，尽管外面风雨交加，狂风肆虐，但积蓄了一整天的疲惫让我躺下便睡。可是，四千六百米的海拔高度终究给我来了个"下马威"。凌晨两点，我胸闷被憋起来。听着窗外的风声一阵紧起一阵，我不甘就这样白白醒着，遂试图再次入睡。但是，无论怎么躺，氧气都像一个吝啬鬼，折磨得我大口喘气。

窗外的山风掠过山脊，呼啸着好像要撕裂这个小镇，风力足有八九级。我已经几十年没听过这样狂暴的风声了，这风声不禁让我想起二十世纪六十年代那个深夜的狂风，风也是这么烈、这么响，夜也是这么黑。狂风夹杂着豆大的雨点撕开我家的北窗。那时父亲在公社里搞社教，我还小，只有母亲和我在家抗击着暴风雨的肆虐。窗是高的，母亲站在床上堵，我在下边递材料，最后我们用雨布和竹条将窗户堵住了。母亲的手被划破，鲜血直流……

现在我们住在日土县多玛乡，海拔四千四百三十七米。风在屋外刮，我在屋内喘。我干脆坐起来，一边听着呼啸的风声一边想：我们如果继续在此停留只能有两种结果，不是我们逐渐适应环境，就是被120急救车拉走。与其被120急救车拉走，不如迅速逃离阿里。

正想着，海哥也因缺氧被憋起来了，一脸痛苦的样子。海哥比我大三岁，我们同年入伍当兵，都在各自部队当过文书，现在又是摄影好友，相同的经历和爱好使我们走到一起。海哥身体素质比我好，但这次西行途中他发生的高反比我严重，抑或是因为我的耐受性比他好，他已经开始吸氧，而我还在做最后的坚持。我见他也憋醒，说："我们现在就出发吧，不能继续留在这里了，早走早主动，哪怕提前一个小时也好，往往一个小时就决定一切。"他听我说得有理，就同意了。我马上微信通知两位女士。她俩也都被憋醒了，在经历着与我们一样的痛苦。我们马上行动起来，收拾行装。

行装一会就收拾好了，可店老板昨天把我们反锁在楼内，经过一番折腾终于找到了店老板。我们在黑夜中迅速装车待发。

在山东不到五点天就亮了，这里七点才天亮。现在是四点，尚属凌晨，屋外黑漆漆一片。寒风撕掠着我们的衣服，也撕掠着我们的心。我们曾经豪情壮志地来，难道就这样狼狈地离开吗？管不了那么多了，我们只想赶快逃离阿里。

当我们匆匆赶到检查站时，早已有几辆大货车在那里排队。原来，检查站八点才放行！我们只好在驾驶室里磨时间。七点，天刚蒙蒙亮，透过车窗向外看去，周围的山头上覆盖着一片白色，想必昨晚是风雪交加。现在，雪又下了起来，夹杂着星星小雨。八点半，我们验完证件过安检，终于踏上了"逃亡"之路。寒夜里我们在风雨中傻傻地待了三个小时。

此时车外温度为零下三摄氏度。风还在吹，吹得汽车有些飘。雪裹挟着小雨也来凑热闹，我不得不打开雨刷快速刷着玻璃。就这样，我们冒着风，顶着雨雪行驶在219国道上。九点了，我有些饿，就吃了半个苹果喝了一盒牛奶，解决了温饱问题。不多时，缺氧和昨晚没休息好使我睡意浓浓、昏昏欲睡。这时汽车正在爬坡，海拔已达四千九百米以上。这样继续开下去极易出事故，所以我把方向盘让给了小青。睡意很快就控制了我，使我进入梦乡。小青的驾驶技术不错，虽然驾龄不长，但她具备驾驶员的素质——这一点很重要。她既有女人的细心，又有男人的胆略。更重要的，据她说，她父亲原是汽车三队的老司机，孩提时的她经常坐在父亲的驾驶室里看父亲开车，有时还和父亲一起出发。这不由得让我想起了儿时的一个朋友。他也是在汽车三队长大的，从小玩车。后来他当兵了，没经过训练就会开

魅力阿里　刘纪摄影

车、修车，把那些老兵惊呆了。尤其是修车，几年的老兵都没有他技术精湛。

前面就是海拔五千二百四十八米的界山达坂了。此时车外温度为零下五摄氏度，大雪纷飞，挡住了我们的视线，让周围的一切变成白色的世界，天地一色。小青稳稳地操着方向盘，巾帼不让须眉，大胆地行驶在海拔五千多米的莽莽雪峰之上！

阿里的美　刘纪摄影

开始下坡了，前面就是著名的"死人沟"。在新藏线上有这样一句俗语："班公湖里洗个澡，界山达坂撒泡尿，死人沟里睡个觉。"意思是说，一个人只要把这三个地方走下来，就非常了不起，可见这一段路多么危险。此时，我渐渐醒来，前面的路况不禁使我心惊胆战——雪变成水，水变成薄冰。我马上接过方向盘，保持车辆直线平稳运行，不急打方向；油门适中，不急着给油；提前处理情况，缓慢减速，不急刹车，使汽车平稳地行驶在冰雪之上。小青抓紧时间录像，一边录一边解说，颤抖的嗓音掩饰不住她此时的激动。这段宝贵的影像，见证了我们不畏艰险、敢闯天涯的勇气。

　　雪原的气候说变就变，过了"死人沟"，刚才还是风雪交加，现在已经是晴天朗日了。阳光透过云隙洒在大地上，令人慢慢有了温暖的感觉。下午一点半，我们到达泉水湖。这里有一个入境检查站，我们正好下来休整一下，调节一下刚才的紧张情绪。

　　泉水湖海拔五千一百一十八米，被铁网围了起来。湖水清澈透明，在阳光下泛着蓝色的磷光，给这苍茫大地带来无限生机。几只黑嘴乌鸦飞到铁网附近，与人近在咫尺，不时发出"喳喳"的叫声。在入疆检查站的路上，我回头望向阿里，一种既留恋又释怀的滋味涌上心头，酸酸的，甜甜的。一路走来，你给我们的无论是幸福、快乐，还是痛苦、忧伤，都会是我们今后的美好回忆！

　　过了泉水湖就进入新疆了，我们将开启新的别开生面的旅程——新疆行。

　　随着海拔下降，高反得到缓解。晚八点半我们到达三十里营房。明天，直奔喀什。

二〇一九年七月五日于三十里营房初稿

二〇二一年九月十日于听涛轩整理

二十四　踏进喀什，了却遗憾

世间有那么多巧合，我们今天的旅程便是其一。当我们风尘仆仆赶到新疆喀什的时候，正是当地时间晚上十一点，天刚刚黑。全天行程七百千米，用时十四个半小时。

昨天，我们逃离了西藏阿里；今天，才是彻底逃离了高原。

位于三十里营房的顺达宾馆是我们昨晚入住的酒店，海拔三千六百米，这对几天来一直处在海拔五千米左右的我们来说，自然是非常舒服的，大家休息得非常好。要知道，对我们这些初入高海拔地区的人来说，吃可以不重要，但晚上休息好比什么都重要。

三十里营房是219国道上一个具有标志性的地方，是新疆通往西藏的交通要点，也是通往边境地带的咽喉要塞，战略地位十分重要。这里是新疆皮山县赛图拉镇的政府驻地，219国道南部的广大高寒边境区域都由它管辖。

今天早晨，和我们一起就餐的是一个骑行车队，其多半队员是中年人，甚至有的队员已经六十多岁了。在西行路途中，我们多次遇见骑行者，更有徒步进藏者。有的人拉着一部双轮车，带几条狗，艰难而快乐地步行在山路上。此时此刻，他们冒着风雨严寒、奋力迈进的形象跃入我的脑海中。相较于我们，他们才是勇者。

八点半，我们告别三十里营房，向盼望已久的喀什进发。这将是一段怎样的路途？从地图看，今天还有两座近五千米高的山峰横在路上。我们认为，进藏以来好几座五千米以上的山峰都被我们征服了，剩下的最后这两座山峰不在话下。但是接下来，现实却给我们好好上了一课。

我们在崇山峻岭中前进，前面有一个军人边防检查站。这里因为靠近边境，驻守军队，所以检查站由部队把守。这个检查站，是越过昆仑山之前最后一道岗哨，有着特别的意义。办完手续，我和海哥感觉到不适，一看海拔表又到了四千六百米，爬升得太快了。我俩的心不禁沉了下来，昨晚的好心情荡然无存。果不其然，当汽车在昆仑山中盘旋、颠簸时，缺氧带来的头痛、头晕、恶心、胸闷、腹胀感又一次袭来，大家的心又都悬了起来。

麻扎达坂留影　小青提供

当我们爬上海拔近五千米的麻扎达坂时，遇到解放军某部汽车队。车队轰鸣，卷起尘土，拉着重型装备和军用物资与我们擦肩而过。我们主动停车，让军车先行。我降下车窗，伸出手向每辆军车打招呼致意，战士们也都摆手回敬。看着这钢铁洪流，看着他们的英姿，我心潮澎湃，不禁热泪盈眶。我想起来了四十三年前的部队生活，想起了我们那年少的时光。战士们的确不易，远离父母、远离家乡、远离好友，舍弃安逸的生活，忍受着高原反应，舍小家保大家。据说，每年都有或多或少的年轻战士因为扛不过高反牺牲在这里，将忠骨和青春埋葬在这大山之中、江河之畔。如果没有他们的付出，我们的幸福生活从何而来！想到这些，身为父亲和曾经身为解放军一员的我，眼泪不禁模糊了双眼。

接下来，我们一会下行一会上行，遇到了西行以来最长、最险的下行盘山路。我感觉，天路十八盘、七十二拐和珠峰路大盘旋，都不如这里凌峻险恶！219国道是所有进藏线中最艰险的路线，而这里却是219国道最险峻、最恶劣的路段，塌方、滑坡、泥石流时有发生。路面虽是双车道，但坑坑洼洼，急转弯也多。公路一边是陡峭的山壁，一边是三五百米深的悬崖。从山顶看，山下的车辆就像火柴盒一样大。我爱人吓得脸色发黄，海哥吓得闷不出声，小青也没了笑声。此时车厢内悄然无声，只有发动机发出的声响。我仿佛能感觉到四个人的心跳，我们的心已经提到嗓子眼。他们默默无语，生怕分散我的注意力。面对如此险情，连我"刘大胆"的心里也一阵阵发毛，紧握方向盘的双手一阵阵出着冷汗。我们强迫自己的视线躲

雄伟的昆仑山　刘纪摄影

艰险的山路　刘纪摄影

开深不见底的幽深山谷，将注意力集中在前方。经过半个小时的精神煎熬，终于走完西行以来最为惊险的一段山路。这是对身体极限的挑战，是用健康乃至生命体验的艰难历程。虽然很劳累，但我们内心却充满着自豪感和征服感，现在我们可以用一种胜利者居高临下的姿态重新审视这一历程了。

219国道又称为新藏公路，是进藏六条线路中的一条，以烂、难、高、险冠六条线之首。从三十里营房向南到拉孜的大部分路段海拔在四千五百米以上。它横穿整个阿里地区，需要翻过四五座海拔五千米以上的大山。而且，路况极为恶劣，大部分路处在冻土带上，路面残缺不全，许多地段在维

护、翻修，我们不得不从临时的、崎岖的、高低不平的辅路通行。由于这段路程处在高地，因此极易发生高反，头痛、心慌、恶心、腹胀等难以忍受的痛苦会如影随形，直到走完这段路。路途中，我们就曾见过120接诊高反病人，也听说过游人和军人因高反失去生命的事情。所以，大部分人进藏、出藏会避开这条线而选择其他线路。雨后见彩虹，好景在山中。我在家规划路线时，就有意选重避轻，将这条线路当作首选。我的想法是，既然要吃桃就要挑甜的；既然敢西行，就要挑战自我，将最难、最高、最险的路走下来，不枉西行一趟。

我们进入叶城，行驶在久违的平直而宽阔的路面上，欣赏着既陌生又熟悉的一切，满目绿色。此时，我倒有些不适应了。我用手捂住嘴巴，捂住那颗激动得像要跳出来一样的心脏。我感谢我们的"大白"，它用努力和坚持为我们一路奔波、披荆斩棘，为我们顺利完成西藏之行做出了贡献。

晚上十一点到达喀什，等找到酒店安顿好已是凌晨。尽管时间已晚，但仍然抑制不住我们风尘仆仆赶来喀什的兴奋。

喀什，我们来了！我们千里迢迢为你而来，带着忧伤，带着幸福，带着满足，带着愤懑……

我们将在这里休整几天，尽情享受喀什的美丽。然后，越过天山北上，继续我们的新疆之旅。

二○一九年七月六日于喀什初稿
二○二一年九月十日于听涛轩整理

二十五　回望西藏

　　昨天，十四个小时的驾驶累得我今天上午九点半才起床。起床后，全身酥软，像被人抽了筋似的瘫在那里。海哥也"晚节不保"，瘫软在床上，九点多才起床。两位女士也没好到哪儿去。

　　他们三人去逛街、拍照，我甘愿做宅男，休养生息。这几天始终在高海拔地带长时间驾驶，即便一个青年人也顶不住，何况是我。

　　海哥他们三人去了老城，买了维吾尔族小帽，学了几句维吾尔语。收获最大的是小青，那烤得焦黄、冒着热气、散出出肉香的羊肉包子淹没了她的味蕾。

　　去过高原的人说，从高海拔落到低海拔会发生"醉氧"现象。我躺在床上，也许是因为"醉氧"，抑或因为猛然从紧张、劳累状态转为放松和安逸状态，越发懒得连写日记都不用心了。一个人独处，静下心，看着窗外祖国边陲独有的阳光小角度照在墙上，回忆起身处西藏的那些日子，那山那水那云留给我的总有一丝丝忧伤和眷恋，同时还有忘却不得的彷徨。我试图找出原因——是屹立于苍茫高原上的雪山与众不同？还是缠绕在雪山之上、以山为故乡的云与他处有别？抑或是那雪水一滴滴汇聚成奔流的江河让我想起奔腾的长江黄河？——似是非然。

　　傍晚，夕阳照耀下，我们千出百拐打听到一家维吾尔族人开的烧烤店。烧烤店在一个巷子里，坐北朝南，炉火正旺，肉香和着孜然香扑鼻而来。我们在店外临街花园中的一张西式白色圆桌旁坐下，花园和西式圆桌两大元素很快酝酿出浪漫情调。我们点上新疆特色大羊肉串，从东海之滨侃到西部边

拉加里王宫附属建筑遗址　刘纪摄影

陲，听着维吾尔族人掺着口音的普通话，尽情地享受着喀什落日的余晖和异乡街井的喧闹，回顾着那些难忘的日日夜夜，释放着一路走来积蓄的艰辛和困苦，欢声笑语飞出花丛，引来路人的回眸。

　　明天去老城。

二○一九年七月七日于喀什初稿

二○二一年九月十一日于听涛轩整理

二十六　逛喀什老城

经过昨天的休整，今天总算是歇过来了。但身体还是有点虚，走在去喀什老城的路上头重脚轻，浑身无力，半个多小时的路程两次想坐下来休息。

人类真是不可思议，几天前我们还顶风雪战严寒行驶在世界屋脊上，而今天我们却徜徉在喀什，了解其独特的城市面貌和人文风情。

在家乡，看到过许多介绍喀什的文字和图片，其中介绍最多的当属喀什老城。所以来到喀什，我们首先扑向喀什老城。

上午十点多，老城里的许多商户正忙着打开门锁、门档，有的正在向外搬商品布置摊位。也许刚开业抑或目前还不是旅游旺季，街市有些冷清。正行间，偶见一饭店，专卖羊肉汤。肉香立刻引起味蕾的绽放，我们这才想起还没吃早饭。

见到羊汤店，肚子咕咕叫。这是一间简陋的门店，里间是操作间，外间是就餐区。就餐区摆上餐桌后中间只留下一条窄窄的过道。店外一个铁鏖子上摆着十几个大搪瓷缸子。这搪瓷缸子以前在家乡是用来喝水的，现在几近淘汰，没想到在这里竟然又派上了新用场，赋予了它新的生命。这也难怪，不同的民族有不同的历史、不同的教育、不同的审美观，所以有不同的认知就不难理解。搪瓷缸子里面放着一大块羊肉，还有一块胡萝卜、几片洋葱和西红柿，荤素搭配适中。看缸子里的羊肉，清清亮亮，炖得不生不烂刚刚好。这哪里是常见的汤多肉少的羊肉汤，分明是实实在在的炖羊肉！但这就是当地维吾尔族人的羊肉汤。我们找桌子坐下，每人要了一缸子羊肉汤，将肉和汤倒入碗内。先是尝一口汤，那肉的鲜美在汤里体现得淋漓尽致，只这

维吾尔族人的早茶　刘纪摄影

我与海哥大口吃肉　小青摄影

海哥　小青摄影　　　　　　　　商人和琳琅满目的商品　刘纪摄影

一口就让你终生难忘。我们四人不约而同大加称赞，这是我们第一次以这样的方式吃羊肉。我们大口吃起羊肉来，羊肉的原汁原味马上俘虏了我们的味觉。我们只顾得吃，少去了言语，只吃得酣畅淋漓，浑身发热。吃完肉，我们要来馕，有的泡，有的干嚼，直吃得四人大呼过瘾。待到小青去结账，每人才二十元！这异地他乡的一顿羊肉，让我们充分领略了西部美食文化，简单中蕴含着细腻。

用纸巾擦一下沾满羊脂的嘴角，带着饱腹的满足我们继续逛老城。走着走着，来到一处维吾尔族人喝早茶的地方。店里已经坐满顾客，门外也摆上了床，床上坐满顾客。仔细看，顾客大都是老人，有的戴着维吾尔族小帽，有的留着胡须，民族特色相当浓郁。服务员也是一个上了年纪的人，手提一把水壶忙碌着。一个民族一个习惯，一方水土养一方人，这里的老人自有他们相聚闲聊的去处和方式，他们脸上的笑容和自信至今让我记忆犹新。

据说，在二〇一七年以前，老城还保留着原来的旧面貌，有各种手工业和商业，是一个窥视维吾尔民族风情的窗口，也是一个摄影人喜欢的好去处。大约是在二〇一八年，老城被整修，剔除了一些老旧的事物和场景，虽然面貌发生了变化，但失去了往日的原始和纯真。这次造访无缘看到老城的旧有元素，不能不说是一件非常遗憾的事情。

我们继续向前走，拐角处有一个卖玉器的地摊，七八个盛着玉器的木盒摆成圆弧形。我们驻足观看。非常会做生意的老板把我们领到他身后的店内。海哥看好了一件手把件，两位女士也看好了几件挂件。

东距喀什不远的和田，是著名的产玉之乡，它所产的玉和河南独山玉、辽宁岫岩玉、陕西蓝田玉，并称中国的四大名玉，其独有的羊脂玉名冠四玉之首。和田玉按产出环境一般分籽料、山料和矿料。籽料经乱石的撞击和流水的抚摸呈鹅卵状或钝秃状，由于饱受日月风华的浸润，又由于受着江水的长期洗礼，所以是和田玉中的上品，但料子较小，适宜做首饰和摆件。山料裸露在山中或滚落山脚，经年接受日月之精华，内气温润，也是和田玉的上品，小件适宜做摆件，大者切割利用。矿料，由山中开采，内里生气旺盛，是做大型雕刻的首选。

眼下海哥和两位女士看好的几件玉器，想必是矿料的下脚料，倘若如此也是可以接受的，就怕买到阿富汗料。阿富汗料与新疆料相比，色白且生，散发着一种刺眼的白光。严格来讲，从物理特性和化学成分角度来分析，这种料算不上玉，不值钱。我对玉石稍微懂一点，但实际经验少，眼高手低，所以当海哥他们看好几个玉件征求我的意见时，我只似是而非、模棱两可地点头，摸不准。俗话说，会买的不如会卖的，只有商家心里才明白你手里玉石的前世今生。

出玉石店不远，是一个乐器店。维吾尔族是一个能歌善舞的民族，哪里有维吾尔族哪里就有歌声和舞蹈，当然与之歌舞相配的乐器也少不了。老城乐器店的门面比较大，有四五间屋，里面摆满、挂满了各种乐器，如热瓦普、都塔尔、弹布尔、卡龙、艾捷克、萨塔尔、胡西塔尔、唢呐、达甫（手鼓）、纳格拉，让人目不暇接。出于好奇，我向主人一一询问它们的名字。店主人一时兴起，在屋内合着琴声引吭高歌，引得人们围上前来观赏。这也许是做生意的需要，但对维吾尔族人来说，唱歌和跳舞是再简单不过的事。张口就来，随地就跳，这是他们深藏于遗传密码里的东西。

喀什老城，说白了就是商业街。这里木器、铜器、玉器、乐器、百货、工艺品等应有尽有，同时还有手工业。这并不稀奇，这里原来就是古丝绸之路的重要通道。

喀什的天气，站在阳光下能烤死人，回到阴凉处马上就凉快。这样的气候特点自然适宜各种水果的生长，瓜果李桃品种丰富，甜度大，干枣如小孩拳头大，葡萄干大如五分钱硬币。我们在山东见到的干果，在这里称为次品也不为过。

今天收获最大的还是小青，铜器、木器、玉器、蜜蜡等均有斩获。海哥也在我们的感染下，各种特产都有采购，除了给女儿、外孙、亲戚买的礼品，还特别给老伴买了玉件。海哥对嫂子纯真的爱四十年不减，委实难能可贵。

二〇一九年七月八日于喀什初稿
二〇二一年九月十一日于听涛轩整理

二十七　行驶在独库公路上

维吾尔族是热情好客的民族。在喀什的日子里，当地人听我们从东海之滨转道西藏而来，立刻做出惊异的表情。他们建议我们在喀什多玩玩，并推荐了几处旅游点，其中就有红其拉甫口岸。在来之前，我也曾规划到此。除此之外，在凤凰网上曾看到这里有一所学校，一个大学毕业生来此支教，事迹非常感人。当时我就打算，如果来喀什一定要去这所学校看看。这所学校海拔较高、较偏远，条件比较简陋，所以出发之前，我们还准备了本子、碳素笔等想送给学生。但由于我们二十多天来一直处在高海拔地带，现在来到低海拔地带，身体处于调整阶段，浑身懒洋洋的，又加上去回都需要时间，所以我们就放弃了这一计划。现在想来，这种想法是多么愚蠢，我们后悔没有坚持原来的计划。

对于大山大河，我们一路走来，审美已经疲劳，不想再重复，所以我们决定从今天开始向东走，去喀拉峻大草原，享受草原的美丽。

今早八点，告别美丽的城市喀什，我们向东行进。连续驾车十五小时，行程九百七十千米，于当晚十一点，赶至巴音布鲁克。这是一个地级市，市政建设比内地的县级市好不到哪里去，甚至有些方面还要打些折扣，但整体上来说还是不错的。吸引我们的主要是这里不一样的风情，这对我们来说就足够了。

在各种传媒中常见的大眼睛、长睫毛、瓜子脸，留着多个辫子，戴着维吾尔族帽的维吾尔族姑娘在这里确实不多见了。这里几乎所有的维吾尔族姑娘都是和我们穿着一样的服装，只是通过眼睛还能分辨出他们是维吾尔族人。

雅丹地貌　刘纪摄影

红石山　刘纪摄影

穿越天山　刘纪摄影

美丽的天山　刘纪摄影

我们与维吾尔族人的交流多于和藏族人的交流，这也许是大多数维吾尔族人会汉语的缘故。他们会问我们：喀什好吗？他们深邃的眼睛里满含期待。我会竖起大拇指，然后蹩脚地说："亚克西。"他们听后都会会意地一笑。不难看出，他们爱自己的家园爱得何等深沉和执着。

　　西行以来，只在出藏时遇到过坏天气，其余时间天气一直不错。今天万里晴空，只有几片白云在空中漫无边际地飘着，我们四人也知冷知热地都换上了短袖衫。

　　出喀什入G30高速公路，我们向着太阳升起的地方出发。光秃秃的山岭和酷似戈壁的地貌展现在我们面前。左手边，横看成岭的山峦与我们同行，山体呈黄灰色，像一条黄龙。大地在太阳的照射下，仿佛刚被烈火烧过，了无生机。在这样的环境中，人的注意力容易分散，可能会产生时空错觉，也极易困顿，不一会，他们三人都进入了梦乡，我强打精神驾驶着车辆，但不时出现幻觉。之前我一直错误地认为天山是葱葱绿绿的，但不曾想左边那黄褐色的山也是天山，而且还是一段长达千里的雅丹地貌。等到九个小时后下了G30高速公路进入独库公路时，我们方才有了精神。接下来，我们就要在美名远扬的独库公路上行驶了。

　　这几年随着旅游的兴起，独库公路一词频繁出现。前年我跟旅游团走过此路，今天又驾车重走独库公路，仍然感觉它有着道不尽的魅力。

　　独库公路，因为起点是独山子，终点是库车，所以叫独库公路。它全长五百六十一千米，穿越深山峡谷，连接了众多少数民族聚居区，是中国乃至世界上最美的公路之一。

　　现在，我们沿独库公路前行，首先穿过的是一段奇异的雅丹地貌。"雅丹"一词是维吾尔族语，意为陡峭的土丘。雅丹地貌是一种典型的风蚀性地貌，形状不一。在宽敞的路上，可以一边开车一边欣赏大自然的景色。只见两边的土山有的陡峭，有的平缓，如斧凿，如刀削，不得不佩服大自然的鬼斧神工。再往前，是红石山。绛红色将所有的山体染个遍，好像哪个绘画大师打翻了颜料瓶撒满群山。只见群山争相摆出鬼怪模样，有的捶胸顿足，有的龇牙咧嘴，有的呆头呆脑，我们好似随孙悟空进入了魔鬼洞。正走着，两年前我拍过的山、拍过的河出现在眼前，好亲切哦！我在心里说，别来无恙？由于我们要在黑天前赶到巴音布鲁克，没有时间逗留，只能深深地多看它们几眼，匆匆而过。此一别，不知何时再相见。

前面就是神秘大峡谷了。红色的土地被风雨塑造成各种形状，山谷外面非常热，进到山谷里面却很凉快，前年来过。游览这里需要半天时间，我们今天要赶到巴音布鲁克，时间很紧，就放弃了进谷。

继续前行，远见一瀑布从山壁流出，白色水花挂满山壁。我突然想起，我前年就曾印证过，那是小龙湖的水穿过山体流出来的。果然，随着汽车盘升前进，小龙湖映入眼帘。我们继续前行，在大龙湖旁停下。

两年前的大龙湖岸边还是乱石嶙峋，但现在已搭上有扶手的观景台，游人可以安全地观赏风景。站在台上举目远眺，湖对岸万山层叠，绿树如翠，雪山如羞羞答答的孩子半遮半掩，偶尔冒出白色脑袋闪着洁白的光芒。近处，湖水波光粼粼，清澈透明，温润湛蓝。两年前，在湖边还有一只獾妈妈带领一只獾宝宝慢慢从我们面前走过。两年过去，小獾一定长大了，不知去了何方。路遥时紧，顾不上多思，我们继续前行。

大龙湖　刘纪摄影

　　独库公路之所以名声在外，全因其景色绝世而又不重复，不断变幻的景色绝对不会给游人造成视觉疲劳，反会迫使游人不断变换审美视角，才能跟上景观的切换。我们现在正翻越天山。山道上，满目青翠，气候温润。公路一侧是高耸入云的山体，一侧是河水奔流、深不见底的山涧。山涧那边，层峦叠嶂，有的山体裸露出褐色岩石，像人躯体上的伤疤。举目远望，雪山之巅在阳光照射下发出金灿灿的光芒，让人心中油然升起一种幸福的快感。

　　翻过天山，汽车像饥饿的婴儿扑向母亲怀抱，一头扎进辽阔的巴音库鲁克大草原。独库公路像一只巨大的剪刀将大草原一剪为二，白色的羊群像云一样游荡在绿色的草原上，有几匹白马在不远处撒欢，偶尔发出几声嘶鸣。天地相接，上是蓝天白云，下是绿地羊群，天地间仿佛万花筒一样，构成立体多彩的画面。行驶在这样的景色中，人世间一切烦恼、忧愁都被抛到九霄云外。

　　当我们拖着疲惫的身体赶进巴音布鲁克镇时已是晚上十一点。两年前，巴音布鲁克镇还非常普通，库车公路从镇中央穿过，路两边有饭店和旅馆。现在的巴音布鲁克镇灯火通明，宾馆林立，霓虹灯闪烁，俨然像一座繁华的城市。这本是一座小镇，因为有天鹅湖、九曲十八弯，又地处交通要道而繁荣起来。现在已经是旅游旺季，所有的宾馆都已爆满。我曾试图到前年我住过的那家宾馆去住，但早已客满，最后只好住到另一酒店，每晚一个房间竟要四百六十元！

　　我们找一个酒馆坐下，要上羊肉串、红烧牦牛肉，每人一瓶红乌苏啤酒，洗去一天的疲劳，这是远行人最大的快乐。

二○一九年七月九日于巴音布鲁克初稿
二○二一年九月十一日于听涛轩整理

二十八　草原之夜

时光荏苒，西行已经一个月了。

昨天翻过天山，对我们的这一趟新藏行来说标志着把东西三条山脉全部跨越了。记得前年跟团翻越天山，我感觉它非常险峻，但昨天自驾翻越，却有了许多从容。因为一路走来，比这危险的高山峡谷不知走了多少，这带有栏杆又有美景的高山自是不在话下。

自从来到海拔一千多米的喀什，可能由于"醉氧"，两位女士和我总感到昏昏欲睡。可当昨天穿过天山，看到巴音布鲁克大草原时，两位女士猛然打起了精神，不禁欢叫起来！

我告诉她俩说，好景还在前面呢，喀拉峻大草原才是举世难寻的美景。

今天出发不久我就把车交给小青。小青一边开车一边欣赏风景，碰到观景台就要停下来，我还是那句话：好景还在前面呢。

下午四点半，我们终于赶到举世闻名的喀拉峻大草原。上午出发时天空还是晴朗的，现在阴云密布，好似有雨要来。我们办好出入手续，等待景区车辆接我们到蒙古包。此时，戚戚小雨裹着寒气向我们袭来。我们冻得瑟瑟发抖，恨不能一头扎进蒙古包，生上炉火，大口喝酒大口吃肉。草原的天气说变就变，时不时就下上一阵雨，所以这里的草才格外茂盛。

接我们的车终于来了，是一辆轿车。汽车在草原上颠簸，辗转把我们送达了蒙古包。这里是由县城来的一对年经夫妻经营的，共有三个蒙古包和一个用雨布搭建的临时厨房。牧场是牧民的，小两口每年要交给牧民高昂的土地使用费。偌大的蒙古包今天只有我们四人居住，显得空荡荡、凉飕飕的。

记得前年来时，蒙古包的位置更近草原深处，我们近二十人挤在一个蒙古包里，虽然有些拥挤，但说说笑笑、吃着羊肉、喝着美酒实在热闹得很。而现在，包外下着毛毛细雨，包内冷冷清清，一股凄凉涌上心头。我开始想远方的家。家虽不豪华，但毕竟可以遮风避雨；虽不高档，但可以燃起炉灶解决温饱；虽不宽敞，但可以摆一张床容下疲惫的躯体。以前宅在家，并没感到家的温暖，出门在外，才感到家对于一个漂泊在外的人来说是多么重要。

抬头看一眼呈放射图形的棚顶，纠结的心又回到现实，既来之则安之，落寞惆怅的心情逐渐消散。

前年我跟团来过这里，也许是我很少到草原的缘故，一下车我就被这里美不胜收的景色所惊叹，当时我就想有机会一定带爱人来一次，让她也感受一下喀拉峻大草原的美丽，现在终于如愿以偿。

喀拉峻大草原位于新疆伊犁哈萨克自治州特克斯县东部山区，这里是西天山与伊犁河谷的过渡地带。此处降水丰富，气候凉爽，土质肥厚，十分适宜牧草的生长，有上百种优质牧草。喀拉峻大草原是少有的以高山天然优质草原为主体，由草原、雪山、森林、河流、峡谷组合而成的纯自然景观。

我们放下行装，小雨也停了，蒙古包外的空气越发清新，草原的美丽使我们忘记了一路疲劳。站在蒙古包外向南望去，碧绿的草原坦坦荡荡，远处有一片墨绿色树林，以自己独有的颜色与草原区分开来。越过岭子极目远眺，淡墨色云雾笼罩着的山岗时隐时现，像处在梦幻中。右手边，在铁丝拉起的栅栏外，白色蒙古包三三两两点缀在草原上，仿佛雨后长出的蘑菇。两三头牛在那里游荡，与蒙古包组成一幅动静结合的完美画面。左手边，几个矮丘起伏，将大草原剪成几个扇面，几匹白马时隐时现，依稀能听到它们的喷鼻声。虽已停雨，但乌云尚未完全散去，几只黑乌鸦借着雨后的清新一边嬉闹一边寻觅着它们的美食。美好景色让两位女士不亦乐乎，齐声说不枉来此一趟。海哥和小青利用吃饭前的空隙拍了不少照片。

我们这次住的地方，不如前年来时住的地方好。那时住在一个哈萨克人的小村子旁边，可以见到当地的哈萨克族牧民和暮归的牛马羊群。那里的早晨，有刚露出山脊的太阳，有蒙古包冒出的袅袅炊烟，有围着头巾挤奶的哈萨克族妇女，这些都是很好的拍摄素材。而现在，三座蒙古包孤孤单单在草

雨后的喀拉峻大草原　刘纪摄影　　　　　　　　　　　　　　　　喀拉峻大草原风光1　刘纪摄影

原上，周围没有多少拍摄元素。这时我才后悔不该匆忙地一头扎进来，当时应该多选择一下。但转念一想，如果两次都在一个地方住也未必是好事，换个地方也许能带来不同的感受。

今天一路兼程，中午未吃饭。到达这里后，我们首先让老板安排上手抓羊肉、羊汤和羊肉面片。小青打听到这里有羊奶，就让主人去接鲜奶，并叮咛用火慢慢烧，让水分蒸发，把奶熬成奶皮子。晚上八点半，我们正式用餐。首先上来的是手抓羊肉。鲜美的羊肉冒着热气，飘着只有草原上的羊肉才能发出的特有的香气。食欲被彻底激发，我们急切地围坐在炕桌前。这是近乎半只羊，纯净的液汁从肉里渗出来，大葱、生姜、圆葱和孜然完美地与羊肉结合，使羊肉完全没了膻味，只保留了肉质的鲜美。四人相处已经一月，没有了客套和羞涩，我们大快朵颐起来。我又要来一瓶当地产的高度白酒，每人倒上一杯，一边吃一边喝，欢声笑语立刻盈满蒙古包，飘出门，传向大草原深处。西行以来，每到住寝处就餐，我总会要上一瓶白酒或啤酒。这倒不是因为我喜欢喝酒，而是因为酒是感情的助燃剂和媒介，它能把人类的情绪调动起来，使旅途更加欢乐。最后的压轴菜是小青要的奶皮子。根据小青原来的想法，是将羊奶放在火炉上长时间熬，待水分蒸发后，羊奶上层会形成一层皮，叫奶皮子。小青说这种东西非常好吃，还有营养。我听着小青解说，也感觉这肯定是一道美味。当主人把奶端来时，我们发现她并没有按照小青提供的方法做，只是简单地把奶烧开，又在奶里加了盐。主人一边把奶放在桌上一边说，担心光喝奶不好喝，就根据当地的习惯加了盐。啧啧，羊奶加盐，这种味道可想而知，弄得我们哭笑不得。一方水土养一方人，他们习惯的东西，我们未必适应。

晚饭后，海哥和小青出去踩点侦察，确定明天的拍摄地点和计划。

喀拉峻大草原风光2　刘纪摄影

　　待草原夕阳的最后一抹余晖逝尽，夜色笼罩了整个草原。万籁俱寂，偶有一只什么动物耐不住寂寞发出一声凄鸣。一天的疲劳涌上全身，我们整理床铺准备就寝。不知何时，门外又飘起了潇潇细雨，有些微寒的草原风从门隙中透进来。老板说，这些年生态保护得好，草原上时有野狼出没，让我们晚上一定关好门。我们想象着狼或熊在外面扒门的情景，头皮发麻，两位女士更是连声叫怕。确实，不仅两位女士害怕，这么简陋的蒙古包，薄薄的墙壁，摇晃的木门，万一有狼或熊破门或墙而入咋办？想到这，连我这个"刘大胆"心里都有些发怵。我与海哥用棍棒顶好门，又各把一根棍棒放在身边当自卫武器，然后男左女右和衣躺下休息。突然，我爱人大声尖叫起来，我们三人不约而同地被惊得坐起。我爱人说，她感觉有东西在动，可能是青蛙！我打开灯，翻开她的被褥，并没发现什么，猜想可能是一只田鼠在捣乱。但不管怎么说，无论是青蛙还是田鼠钻进被窝都不是一件愉快的事情。我们只好男女换防，才勉强进入梦乡。这一夜，和衣而睡，又加上田鼠事件，睡得很疲惫。

　　明天赴琼库什台。

二〇一九年七月十日于喀拉峻大草原初稿

二〇二一年九月十二日于听涛轩整理

二十九　哈萨克人与喀拉峻大草原

　　昨晚，我们和衣而睡，又冷又潮。睡前，爱人感到身下有动物在动，吓得丢魂落魄，只好和我们调换了位置。经这一顿折腾，大家都没睡好，好不容易挨到天亮。

　　今天早晨天刚蒙蒙亮，我们便起床进行拍摄。海哥与小青穿过草原，翻过山包，向后山走去。那里有哈萨克人的毡房和牛马羊，可以作为拍摄题材。我在驻地周围转悠，打算拍点小品。

　　早晨的喀拉峻大草原一片寂静，空气中弥漫着潮湿和青草的气味，间或夹杂着牛马粪的气味。地上的牧草已经掩到脚面，晚上积蓄的露珠挂在嫩草尖上显得晶莹剔透，人走在草原上不一会儿鞋就会被打湿。随着东方山脊上一丝强光射出，太阳似一个小红点出现在地平线上，然后冉冉升起，将整个草原铺上一片金黄的颜色。草尖上的露珠在阳光照射下，一个个像可爱的小精灵，发出炫目的光。远处的林子渐渐亮了，依稀听得到几只乌鸦发出"喳喳"的叫声。山坡上的几顶毡房像硕大的蘑菇，在乖乖地接受晨光的沐浴。远处的地平面腾起一道薄薄的白雾，乍一看像一条白色丝带漂荡在海面上。白色的羊群从山坡那面翻转到这面来，像一片白云在游弋。哦，美丽的喀拉峻大草原，你的早晨是一天最美的时刻。

　　太阳慢慢升高，房东给我们送来了早饭。早饭是奶茶和馕。奶茶是奶、茶和盐的混合体，我并不喜欢它的味道。吃罢早饭，我们向琼库什台出发。

　　昨晚我已和大家说好，今天我们要去琼库什台。琼库什台是一个以哈萨克人为主要居民的村落，位于新疆特克斯县喀拉达拉乡，二〇一〇年获"中

喀拉峻朝霞满天　刘纪摄影

喀拉峻漫山红遍　刘纪摄影

早晨是喀拉峻最美的时刻　刘纪摄影

早起的羊儿有草吃　刘纪摄影

国历史文化名村"称号。全村有三百多户、一千七百多人，以牧业为主。近年来，当地人又利用得天独厚的秀美风光发展旅游业，在沿途和沿街建起了客栈，并出租马匹供游人游览。二〇一七年七月我来这里时，沿途的景色美妙绝伦，给我留下了深刻印象。当时由于是集体行动，总感觉对这么美的风景没有好好拍是种遗憾。这次故地重游，一是带领两位女士领略一下千里草原风光，二是重新拍照，了却上次没拍好的遗憾。

距离村庄一二十千米处，是琼库什台草原最美的路段。深邃的峡谷、起伏跌宕的山岭、茂密的森林、广阔无垠的草原，使两位女士看得入神。我们行驶在半山腰，山下的草原一览无余，满目的绿色像一张大地毯铺满整个大地，间或有一两处木屋点缀其间。我曾去过瑞士，坐着森林小火车一路经过那里的草原。满目绿色铺满起伏的山麓，别致的木屋和偶尔出现的尖顶教堂星星点点撒在葱绿的草原上，给我留

下终生难忘的美好记忆。眼前的琼库什台草原景色绝不亚于瑞士，只是人文的东西少一些，幸有那些木屋填补。据说，这些木屋是解放军某部养马场遗留的，由于现在军队已经很少用到马匹，所以马场解散了，而木屋却遗留下来。现在这些木屋倒成了一道靓丽的风景线，引得许多游人或摄影师千里迢迢慕名而来。

现在的路况比较好，直到观景台都是柏油路面，从观景台入村的路是砂土的。沿途，当地人开发了许多木屋客栈，也有少量毡房提供给游客。客流量比两年前明显增多。车到村口桥头，新建的停车场免费泊车，行人步行进村。原来村内的土路已换成混凝土路面，木屋客栈林立在路两边。前年我在路左边的客栈住宿，依然记得我们七八个人合住一间大屋，洗澡间非常简陋。今天，我们找了路右边一家哈萨克人开的客栈，一排黄色的小木屋收拾得非常干净。客栈老板说，目前全村的客栈除有两家是哈萨克人开的以外，其余的都被回族人、汉族人承包了。现在村子的商业气息比两年前浓了许多。

安顿下后，我们便开始了村内的拍摄活动。哈萨克人几乎家家养马，并以马代步。而且，村里还有租马游览的服务项目。小青见状，按捺不住好奇心，走单骑游览村庄去了。此时已近黄昏，在村口桥头边竟遇到了钉马掌的，这倒是一个难得的场面。我迅速靠近，进入拍摄状态。画面来得如此突然，思想准备不足，光线又有些暗，一两个重要画面没有拍好。对于人文摄

钉马掌　刘纪摄影

影，再也没有比碰到难得的画面而没有拍好更遗憾的事了，因为它不像拍风景可以再等机会，人文的画面一闪即过。所幸，还是将基本的该有的镜头收入囊中。不过，如果再能有一次补充拍摄就好了，如此就能形成比较完美地反映当地游牧文化的组照了。

说起钉马掌，年轻人可能不熟悉，但五十岁以上的人大多对此不陌生。我的童年是在火车站度过的，那里因为经常有马车进进出出，所以也会有许多钉马掌的人。钉马掌的人一般独自行动，扛一个槐木板凳。板凳面很小，四条腿向外撇，是专门用来垫马蹄的。钉马掌的人背着一个帆布袋，里面盛着锤子、钳子、铁掌和钉子。揽到活，把马拴好，先把原来的旧马掌拆下来，然后用铲刀把马蹄底部修平。钉马掌好比给马换新鞋，这道工序如同给人修指甲。前期工序完成后，再找来新马掌，对照马蹄大小把新马掌整理得与马蹄大小相符。然后拿来特制的钉子将马掌钉上去，让钉子从马蹄的侧面冒出来，再将多余的钉尖拧去。钉马掌的人需要胆大心细，功夫在于钉钉子。钉子如果钉得向下了不结实，容易掉；钉得向上了就会钉进肉里，马一痛后果不堪设想。当"嘭嘭当当"的声音不响了。马掌也就钉好了。多年不见的情景在这里重现，让我感到既新奇又亲切。但这在哈萨克人眼里是再平常不过的事情，因为马与哈萨克人有说不清道不尽的情和缘。哈萨克族的孩子从小就会骑马，家家有马，人人骑马，马已经深入哈萨克人生活的方方面面。

　　小青骑着高头大马，在哈萨克人的相伴下，着一身红装，肩挎相机，绕村走着，威风凛凛，高兴劲儿溢于言表。她看我在拍钉马掌，就参与进来。昨晚尽管住宿条件简陋，但由于前天晚上没休息好，所以海哥昨晚睡得香甜，今天精神饱满。下午，他独自一人绕着村庄拍了两个小时，收获颇丰。回到房间，他一边看电脑一边喜不自禁。拍到一张好片，是摄影人最开心的，就像在篮球赛倒计时的关键时刻进了一个三分球。

　　傍晚，夕阳余晖透过森林洒在我们住的小木屋上，远处偶尔传来牧马人"嘚嘚"的赶马暮归声。木屋前，客栈老板早已摆好白色塑料圆桌，羊肉串和着孜然的香气从另一边的木屋飘来。我们抵御不了美食的诱惑，在圆桌旁坐下，开始演奏肉串和啤酒交响乐。

　　夜静时分，流经村前的库尔代河发出哗哗的声响。这条河是哈萨克人的母亲河，村里的人畜饮水及生活用水均来自于此。河谷水深流急，常年不止。白天，并没有听出它的声音，待到夜深人静时方才感觉那响声是多么明显。好在一天的疲惫掩盖了响声，抑或那水与石的撞击声已经成了一首美妙的催眠曲。

　　明天早起，回头再走喀拉峻大草原，向乌鲁木齐进发。

　　　　　　　　　　　　二○一九年七月十一日于琼库什台初稿
　　　　　　　　　　　　二○二一年九月十二日于听涛轩整理

三十　前方是乌鲁木齐

当兵前，我的人生都是父母替我规划好的。当兵后，我的人生开始由我自己做主，以一种自由、随心、权衡的态度去安排自己的未来。这种自由飞翔的感觉是快乐的。人生尚且如此，旅途更应如此。

下一个目标，是乌鲁木齐。

乌鲁木齐曾是古丝绸之路上的重镇，是东西方文化的交汇点。现在，它不仅是新疆的政治、经济、文化、科教、金融和交通中心，更是沟通东西商贸的重要枢纽、中国向西开放的重要门户。前年，我和海哥跟团到过乌鲁木齐，这次我打算带两位女士去看看这座美丽的城市。

早晨七点从琼库什台出发，晚十二点到乌鲁木齐，行程一千多千米，耗时十七个小时。找到酒店安顿下，已是凌晨两点。这次西行途中我一直坚持写日记，但今天如此劳累哪还有精力写？所以第二天才简单补写。

这次西行，除在阿里遇到极端天气外，其余时间都是好天气。新疆的夏天昼夜温差很大。太阳落山后，凉风习习，要穿长袖T恤。中午，炽热的太阳烤得人直冒油，即便草原上的羊群也都停止觅食，跑到树荫下躲避阳光。早晨，天空净蓝，空气中似乎流动着一层薄薄的水汽，这意味着今天又是一个酷暑。

琼库什台村庄的雄鸡还在争先恐后地叫时，我们就已经启程踏上了去乌鲁木齐的路。

太阳慢慢升起，把金色阳光洒满广袤的绿色大地，同时也把天空染成金色。空气中飘着牧草涩涩的气味。远处的山岭，一层层的，似一道道弧

128

线叠在一起，仿佛远古铜器上的纹饰。山岭背阴的一面，幽暗清静，似是大地把所有秘密藏在里面。山岭被太阳照亮的一面，亮丽明媚，似乎大地从那里醒来。远处一间木屋映于眼帘。木屋孤独零立，镶嵌在起伏的草原上，像一叶孤舟在海面上漂荡。从远处而来的一条小路，蜿蜒伸向小屋，像是纤夫牵动小船的一条纤绳，也像一条锚链，稳稳地将木屋固定在大海之中。这孤零零的木屋据说是某部队遗留下来的，成了草原美丽景色的一部分。这不由得让我想起和身在北京的高中同学的一次对话。那一天，同学回乡探亲，我们一起吃饭。席间，同学说，她很喜欢高密老城路两边这些老楼，虽然有些陈旧，但看了让人想到曾经的过去，感到很亲切。而我因为长期待在家乡，总感觉新楼大厦好。后来，我回味她的话，里面也有一定的哲理。眼前的这旧木屋，除了可以当作景观外，想必牧民们在下雨刮风时仍然可以当作遮风挡雨的临时去处。而家乡的沿街旧楼门头房，在保证安全的情况下，仍然具有使用价值。上海有几个区，像徐汇区就几乎完全保留了民国时期的老建筑，路两边的小屋，有的一层，有的两层，仍然展现着二十世纪二三十年代的建筑风格，不仅依然发挥着原来的使用功能，还给城市保留了纵向的深度。我每次去上海，都要到那些地方走一走，看一看，有时并不买什么，只是手拿一只老冰棍儿漫不经心地徜徉在马路上，抛开一切烦恼，让空虚的心灵再次充盈。民国车水马龙、街市小井的生活景象徐徐钻进脑海，耳畔仿佛刮起满含民国气味的风，这种穿越时空的感觉不免让人心生些许朦胧的快意和轻松。从现实走进历史，你会明白人生；从历史透视现实，你会看穿社会。

　　我们一边走一边拍，不知怎的，许是因为眼前的商业开发，两年前的热情不再，却多了一些理性与批判。难道我是喜新厌旧？不过，当两年前拍过的景色重现在面前时，我还是有些激动，不是因为美，而是相隔千里今朝再相见，仿佛相别多日的恋人重逢。这一生，大约是最后一次来喀拉峻和琼库什台了，所以，相逢又预示着再难相聚⋯⋯

　　从奎屯至乌鲁木齐的路正在修，限速八十千米/小时。这段路的北侧正好是古尔班通古特沙漠，沙漠上空昏黄苍茫，路上的车也不是很多，这种环境极易让司机懒散和产生幻觉。我仿佛看见了万马奔腾，扬起的尘埃在空中翻

中午的羊群躲到阴凉处　刘纪摄影

河流弯弯草原绿　刘纪摄影

草原上的饭店　刘纪摄影

草原木屋　刘纪摄影

阴阳两重天　刘纪摄影

滚。旌旗摇摇，发出猎猎响声。马鬃飘飘，似有万马嘶鸣。长戈短戟相互交错，碰撞出火星。此时，一位七旬老人向我们走来。在他的身后，众人抬着一口棺材，以示他不平定新疆绝不回还的决心。这位老人，就是历史上大名鼎鼎的左宗棠。这一幕，就是"左大人抬棺复新疆"一说。正是因为历史上有像左宗棠这样既有爱国情怀又有担当的仁人志士，我们的疆土才不被掠夺。

　　说起左宗棠，有一段佳话不能不说。据传，当时他为收复新疆率领湘兵来到西北大漠，深感气候干燥、环境恶劣。湘兵们水土不服。左公遂命令军队在沿途、宜林地带和近城道旁遍栽柳树等，名曰"道柳"。其用意，一是巩固路基，二是防风固沙，三是限戎马之足，四是利行人遮凉。凡他所到之处，都动员军民植树造林。斗转星移，一切归于平静，一切归于历史，左公率领军民栽植的柳树被后人称为"左公柳"。

　　晚上十一点，我们下了高速，但进城的路况非常差，坑坑洼洼、尘土飞扬。当我们千辛万苦到达酒店时已是凌晨两点。全天在途十七个小时，即便坐车也累得要死，何况我是驾驶员，浑身似已散架。我们像脚底踩着棉花一样踏进了酒店。此时的乌鲁木齐，万家灯火已熄，整个城市沉睡在大地母亲的怀抱里。

二〇一九年七月十三日于乌鲁木齐初稿

二〇二一年九月十二日于听涛轩整理

三十一　逛大巴扎

　　自西行以来一直坚持写日记，为的一是记下有生以来首次进藏的点点滴滴，留待以后回顾往事；二是发给家人和朋友看以报平安。昨天的日记记得潦潦草草，感觉对不起读者，更对不住自己。

　　鲁迅等都有写日记的习惯，长则长，短则短。我非名人，只是用了日记这个文体来记录行程，时间多又有情致就多写几笔，累了而索然就少写几笔。昨天驾车十几个小时，确实太累，等吃过夜宵安顿住下，已是凌晨两点多。

　　今晨七点多起床，步行四十多分钟往返大巴扎。中午打算休息一下，趁着睡前的空闲把昨天的日记补上。

　　西行刚几天便有好友向我建议说："你的日记我们转发不方便，不如做成'美篇'。"况且，还有四年前好友立国做的"美篇"为先例。做"美篇"要费很多精力，立国当时不驾车，他可以有充裕的时间去完成"美篇"的创作。我却不同，每天要驾车十几个小时，停车后还要规划行进路线，对"美篇"心有余而力不足，所以只能用日记记行。即便如此，有时也体力不支，只能勉力坚持了。

　　前几天，同学付兄来信建议我写成游记散文，以飨读者。我也正有此想法，所以才有了今天读者见到的这本《山是云的故乡》。

　　按照我的习惯，每天的旅行节奏可以慢一点。但海哥爱人身体不太好，海哥想早点回去照顾爱人，所以我们的旅行节奏就适当加快了。这不，今早七点刚过，我们就不顾昨天的疲劳，匆匆吃过早饭去大巴扎。

前年的大巴扎一角　刘纪摄影

前年的大巴扎一瞥　刘纪摄影

巴扎就是集市、综合市场的意思，是维吾尔族人购买商品的去处。

乌鲁木齐的大巴扎非常有特色，几乎囊括了新疆所产的土特产，如皮制品、干果、手工艺品、纺织品、珠宝。这些东西如果在别处买要一家一家地逛，费力劳神也不一定一次买齐，而在这里可以一次买齐。所以，游客来到乌鲁木齐一定要到大巴扎逛一逛，即便不买东西，看一看这里的商品也算从另一个侧面了解了新疆的风土人情。前年进疆，我来过大巴扎，这次来，当然也要去看看。

此时正值七月中旬，酷日当空，我们尽量在树荫下行走，步行二十多分钟到达大巴扎。进大巴扎依然要安检。可能因为我们来得早，大排档的桌椅排列得整整齐齐的，没有一个顾客。这是一个非常好的摄影素材，形式感非常强，只需有一两个人坐在那里就餐就可以拍出好作品。但我们当时非常疲累，只想大体看看市面，所以就没有拍。

现在的大巴扎，比两年前更整洁了，但商品似乎没有原来丰富，少了很多商业气息。记得前年来此，大厅内外有许多小商铺，商品琳琅满目，顾客盈盈，人头攒动，我们每人都买了许多东西自用或当随手礼。而现在的大巴扎虽然整齐干净，但冷冷清清，顾客稀少。

大巴扎内除有商品摊位外，近东大门处还留有一块场地作舞池，不少当地人在那里翩翩起舞。下午我们四个人各忙各的：海哥惦记着去大巴扎给跳舞的人拍照片，两位女士去大巴扎买上午忘记买的头巾，我找汽修厂换机油。回来后，海哥兴奋地谈起当地人跳舞的情景，说到兴处，六十多岁的人竟然手舞足蹈地比画起来。小青买回来头巾，有绿的、红的、花的，戴在头上美丽动人。

从喀什东出就已经开始回程的路了，现在既留恋已经走过的路，又想念那个在远方的家。明天向敦煌进发，又是漫长的一段路。

二○一九年七月十三日于乌鲁木齐初稿
二○二一年九月十三日于听涛轩整理

三十二　吐鲁番的葡萄还没熟

今天早上近八点，我们从乌鲁木齐出发，便很快进入天山余脉。天山阻挡和减弱了从北方来的寒流，也将来自北方海面的湿气阻挡于大山之北。按说，在这个季节无论是北方还是南方的山都应该是葱绿色的，但眼前的天山北麓却光光秃秃地黄灰一片，没有一丝生机。这种单一的色彩伴着我们行进了两个多小时。

走出荒山，却又是茫茫戈壁，天地一色，灰黄黯淡。人在这种状态下打不起精神，只觉得昏昏沉沉。前年，我们组团从新疆南部沿G315国道进疆，从格尔木开始就人烟稀少了。汽车驰骋在大漠之中，戈壁滩漫无边际，连天空都被映成灰色，分不清哪是天哪是地，我们仿佛置身于一个混沌的世界，行驶一天竟然碰不到一个村庄，那种颓废和压抑的感觉笼罩着每个人，车厢里鸦雀无声，大家昏昏欲睡。现在，我们正在重复上演当时的画面。荒凉的大地布满碎石和沙砾，我们像来到了月球。远处的山在灰蒙蒙的空气中时隐时现，那些间距相等、刷着黑色防腐漆的木头电线杆从车旁划过，将眼前的画面一段段剪开。这些几乎千篇一律的画面绝对能难倒天才剪辑师，蒙太奇的技巧在这里也无用武之地。此时，海哥灵机一动，打开手机，让歌声回荡在车内：

……

那一年，我磕长头匍匐在山路，不为觐见，只为贴着你的温暖。

那一世，我转山转水转佛塔，不为修来世，只为途中与你相见。

……

虽然已过西藏，但这首歌将青藏高原的浑厚与这片大地的苍茫联系在一起，并且依然具有打动我们内心的穿透力，使我们的思绪飘向那山那水那云，一直延伸到天地相连的尽头。

好在新疆北部的戈壁滩没有新疆南部的宽阔，从乌鲁木齐沿G314国道行进九十五千米便是闻名遐迩的达坂城了。达坂城的名气，不因优美的自然风光，也不因醉人的民族风情。它没有令人震撼的名胜古迹，也没有特别的历史故事，它的出名，完全是因为一首歌——《达坂城的姑娘》。这一传唱不衰的歌曲是由王洛宾根据维吾尔族民歌改编的。每当我听到《达坂城的姑娘》这首歌，脑海中就会出现一位留着白胡子、戴着维吾尔族小帽的维吾尔族老人赶着一架小驴车，车上拉着一位美丽动人的新疆姑娘的场景。一首歌把一个地方唱出名在世界上并不少见，可见软实力的影响力并不亚于硬实力的影响力。杨柳青年画、景德镇瓷器、凤翔秦腔……凡此种种，不仅提高了当地的知名度，也促进了当地的物质和文化发展。我的家乡高密也具有很多软实力资源，单是国家级非物质文化遗产就有茂腔、剪纸、扑灰年画和泥塑，除此之外还有东汉时的历史名人郑玄和诺贝尔文

戈壁滩 刘纪摄影

戈壁滩上的雅丹地貌 刘纪摄影

新疆南部戈壁滩上的雅丹地貌 刘纪摄影

新疆南部沙漠 刘纪摄影

学奖获得者莫言。如果好好利用这些资源，加上地处东西南北交通要道、扼于胶东半岛咽喉的良好地理位置，家乡的稳步持续发展定当可期。

达坂城处于狭长的盆地中，三面环山，西面开阔，呈半封闭状态。从这里向南就是有名的古楼兰遗址和罗布泊，在那里发生的形形色色的离奇故事，激起了不知多少探险人的激情和向往。

达坂城是著名的风口，年平均风速为每秒六点四米，是新疆风能资源丰富的地区之一。汽车行驶在路上，路两边近两百台白色的巨大风车组成一道靓丽的风景线。一根根白色巨柱背负着巨大的叶片在广袤的大地上缓缓地转着，煞是好看。风车慢慢地转，将上午毒烈的阳光剪成碎片，也剪碎了游人的思绪，将人们带入一个五彩缤纷的魔幻世界。看着这风车，我不禁想起儿时的玩具风车——准备好一根木棍、一个铁钉和一张厚纸，将纸裁成正方形，从四角向中心剪至三分之二处，再把剪开的纸角每间隔一个向中心弯曲，将四个弯曲的纸角重叠在一起形成一个风轮，然后用铁钉穿过风轮中心与木棍一头钉在一起，一个可以转动的风车就做成了。将风车拿在手里，迎风而跑，将风车就转起来了。现在的孩子都在玩电动、电子玩具，很少有人还玩这些原始的玩具了。酸涩的童年虽然不堪回首，但我认为这些手工活动既可以锻炼儿童的动手能力，又可以开发智力。我们这一代人啊，吃了那么多苦，却仍然时常怀念那段时光……

过了达坂城就是吐鲁番。吐鲁番是天山东部一个形如东西横置的橄榄状的山间盆地，四面环山。盆地东西长约二百四十五千米，南北宽约七十五千米，中部有火焰山和博尔托乌拉山余脉，是我国最低的盆地。这里属于大陆性暖温带荒漠气候，所以增热迅速、散热慢，形成了日照长、气温高、昼夜温差大、降水少、风力强五大气候特点。这里的气候特点是：开春早，春季短暂；夏季漫长，高温酷热；一月份最冷，七月份最热，现在正是吐鲁番最热的时节。

汽车穿过吐鲁番时，可以看到路两边有一座座用红砖垒起来的镂空的平顶房，那是晾葡萄干用的晾房。吐鲁番的葡萄要等到八九月才能熟，到那时这些晾房才能派上用场。现在这些晾房闲在那里，像孩童玩耍的小小积木匆匆从车窗闪过，把思绪留给过客。前行不远，便是火焰山了。火焰山位于吐鲁番盆地

新疆南部沙漠　刘纪摄影

的北缘，是全中国最热的地方之一。每当盛夏，红日当空，赤褐色的山体在烈日照射下，炽热的气浪翻滚，就像烈焰熊熊、火舌燎天，故名"火焰山"。

《西游记》里唐僧四人西天取经经历的难关之一就是过火焰山。孙悟空三借芭蕉扇扑灭火焰山烈火的故事，使得火焰山被广大国人所熟悉。但是，真正来此地的人并不多，不仅因为它路途遥远，更因为它恶劣的环境让人望而却步。据说，火焰山最热时，气温会飙升到接近五十摄氏度，地表温度超过八十摄氏度。上次来新疆我没敢来火焰山，但在吐鲁番高速休息区下车时隔着牛仔裤就能明显感到热浪如烈火烤灼，就像站在炼铁炉旁。正因为这里高温干燥，每当葡萄成熟时，果农便会把葡萄挂在山坡的晾房里，在干热风的吹拂下，葡萄三四十天即可成为色泽温润、肉软清甜、营养丰富的葡萄干了。今天我们没有停留，只看着那一排排像积木一样的晾房向后方掠过，径直奔向下个目标。

我们沿G30高速向东进发，于下午六点离开新疆到达甘肃瓜州地区。

二〇一九年七月十四日于敦煌初稿

二〇二一年九月十二日于听涛轩整理

三十三　岁月有痕莫高窟

　　来到平原，浑身绵软无力，昨晚就连写日记这样轻松的事都不想干，这大约就是"后高反"吧。今早一睁眼，脑子里一片空白。片刻之后，昨天傍晚我们风尘仆仆赶进敦煌的情景展现在眼前。昨天我们从网上订了宾馆，卫生不错，硬件也可，女老板服务态度也很好，帮我们预订了参观莫高窟的门票——六十岁以上老人每人只花五十五元。安顿好住宿，我们到离宾馆不远的一个饭店吃饭，酒杯碰出的欢乐，将一天的劳累带走。这里菜肴的口味已经接近鲁菜了……

　　将眼光从天花板收回，我陡然意识到，我现在正踏踏实实躺在甘肃的宾馆里了。

　　甘肃，是取甘州（今张掖）与肃州（今酒泉）二地的首字而成，简称"甘"。又因省境大部分在陇山（今六盘山）以西，唐代曾在此设置过陇右道，故又简称"陇"。

　　在我最初的印象里，甘肃的地图好怪，细细的长长的，不像其他省份团团的方方的那样可爱，无论从哪头看，它都像一只爬行的怪兽，有头有爪，可怖。G30高速和兰新线铁路几乎平行穿过甘肃东西，像这一怪兽的脊椎。

　　甘肃地处黄河上游，沟通黄土高原、青藏高原和内蒙古高原，东接陕西，南望巴蜀、青海，西达新疆，北扼内蒙古、宁夏，战略地位十分重要。

　　甘肃是中华民族的重要发祥地，相传中华民族的人文始祖伏羲、女娲和黄帝均诞生在甘肃，西王母降凡于泾川县回中山，周人崛起于庆阳，秦人肇基于天水……说不尽道不完的甘肃更有享誉世界的莫高窟。

莫高窟是一座距今一千余年、内容丰富、规模宏伟的石窟群，与山西大同云冈石窟、河南洛阳龙门石窟、甘肃天水麦积山石窟合称为中国四大石窟。一九六一年，莫高窟被国务院公布为第一批全国重点文物保护单位之一。一九八七年，莫高窟被列为世界文化遗产。

二〇一七年，我曾来过敦煌，但那次因为要排两天才能参观，所以未能成行，留下遗憾。这次西行至此，一定要弥补这个遗憾。

我们住的宾馆距莫高窟二十五千米，早上八点启程前往，为的是不要耽误十点的参观。

我们将车放在停车场，坐景区大巴行至岩泉河东岸，徒步向千佛洞走去。说话间，我们来到岩泉河桥边。驻足西望，但见宽敞的河底一条小溪从左手边缓缓而来，穿过桥洞向下游流去，与对面光秃秃没有一丝绿色的山体形成鲜明对比。记得前年来时，我们晚上在市内露天大排档吃肉串，忽然东南方划过几道闪电，雷声随之而来，还带起了一阵风。我们惊慌失措，担心下雨。店主人忙说，你们不用害怕，这里有山有雷而无雨。怪不得这里的佛像、壁画等历史文物历经千年仍保存完好，这与当地特殊的自然条件有绝对关系。

顺着河床西望，一道几十米高的山梁沿河道而走，三四里长的崖壁上布满大大小小洞窟，据说有七百三十五个。今天我们游览的四个洞分别是九十六号、一百号、一百四十八号和一百三十八至一百三十九号。

九十六号窟是莫高窟中较高的一座洞窟，其外附岩而建的"九层楼"是莫高窟的标志性建筑。九层楼正处在崖窟的中段，几乎与崖顶等高，巍峨壮观。它是一个九层的遮檐，也叫"北大像"，上下通为木构，土红色，飞檐斗拱，檐牙叠错，错落有致。抬头细看，檐角系铜铃，有风时，铜铃随风作响。走进窟内，顿觉凉快了许多。一座弥勒佛坐像依山而塑，高三十五点五米。

一百号窟，是五代时敦煌地区统治者曹元德的功德窟，为纪念其父河西归义军节度使曹议金所建造。窟内塑像均为清代重塑。景区为游人规划和选取景点煞费苦心，尽量从多个角度全面介绍敦煌的艺术成就。窟南、北、东三壁经变画的下部，绘有《曹议金统军出行图》和《回鹘夫人出行图》，人

莫高窟前的宕河　刘纪摄影

月牙泉　刘纪摄影

大漠行舟　刘纪摄影

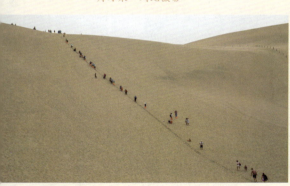

鸣沙山和月牙泉是一点两景　刘纪摄影

物众多，场面浩大。

《曹议金统军出行图》呈横卷式展开，画有仪仗队、护卫队、乐器队。南壁中部为曹议金画像，他头戴展脚幞头，身着红袍，骑一白马，正欲过桥，前后侍卫护送，有旌节引导。

《回鹘夫人出行图》中，回鹘夫人着回鹘装，骑高头大马。公主的身后是彩棚车，侍女随行，捧物、打扇。整幅画充满了一种逍遥闲适的出游情趣。

从这两幅内容丰富、场面恢宏的壁画中，我们可以看到当时的绘画艺术已经达到相当高的程度和境界，可以通过这两幅壁画了解当时社会的政治经济状况。

景区从几百个洞窟中选取了四个有代表性的向游人展示，当雕塑、壁画等以前只在书上见到的国宝近在咫尺地展现在面前时，那种震撼和冲击力无以言表！我多想把每个洞窟都看个够！

下午四点，阳光不再那么炽烈，我们驱车去月牙泉和鸣沙山。这两处景点是连在一起的，一点两景。前年我和海哥已经来过，这次主要是陪同两位女士前来。这里还有骑骆驼的项目，每人一百元骑近一小时。把他们三人安排坐上骆驼后，我便在周围拍点小片，然后找一凉亭坐下，要了一杯哈密瓜原汁，一边喝一边看着大汗淋漓的游人，充分享受人生休闲的快乐。有些人喜欢践行，我却选择旁观。用旁观者的眼光环视世界，也不失为一种生活方式，鲁迅便是如此——"躲进小楼成一统，管他春夏与秋冬"。

西行已经三十五天，这是我迄今为止用时最长的一次旅行。看看地图，回家的路已越来越近，归乡有期，好想那温馨的港湾。

明天去嘉峪关。

二〇一九年七月十五日于敦煌初稿
二〇二一年九月十二日于听涛轩整理

三十四　嘉峪关和张掖

　　嘉峪关和张掖的丹霞地貌景观是游人来到甘肃逃不过的风景线，而且从敦煌返回山东也要路过这两处，所以我们决定向那边进发。

　　早上八点我们迎着太阳从敦煌沿S3011高速向东行驶。太阳发出炽热的光芒，我不得不放下遮阳板，戴上护袖。虽然我们看到的太阳只有一个，但每个人对太阳的感受都不一样。

　　太阳的正下方似乎就是家乡，迎着太阳行驶就好像驶往家乡，让我平添了些许向往。高速路不太宽，车辆很少，只有我们在孤零零地行驶。现在旅程已近末尾，少了赶路的紧迫，多了一些从容和自在。

　　过瓜州上连霍高速，行驶一百四十千米便是玉门。玉门是嘉峪关的前置门户，不仅地理位置重要，更蕴藏着丰富的矿物资源，其石油产量在二十世纪五十年代享誉全国。王进喜是那一时期的代表人物，被称为"铁人"。二十世纪五十年代我二舅从部队转业后曾在这里工作过一段时间。

　　说起二舅，不得不说他对我母亲的深刻影响。母亲两岁丧父，十四岁丧母。十六岁时，母亲虽然在村、乡两级妇女组织担任妇女干部，但并不是脱产。她也没有到工商企业就业的念头。我二舅就反复做我母亲的工作，说："现在国家正开始建设，需要大量的年轻人，尤其你还上过一两年学，更应该到外面闯一闯，难道你愿意一辈子窝在家里摊煎饼、纳鞋底？"我母亲听从二舅的话到青州大华烟草公司工作。后来，母亲与同在青州大华烟草公司工作的父亲结婚，又随我父亲来高密工作。母亲干了一辈子会计工作，是中国第一批公布的工业会计师。母亲由于听从了二舅的话，参加工作并有机会

嘉峪关 刘纪摄影

认识我父亲进而与我父亲结为伉俪，才有了现在三代后人繁衍居住于高密、青岛、济南、北京、上海、纽约。人，就是这样不可思议，往往一句话，就会影响一个人的人生轨迹。

中午十二点，我们到达嘉峪关。与两年前相比，现在景区内取缔了商贩，将他们全部集中在新建的回途长廊上，显得正规有序。景区干净利落，少了往日的商业喧闹，使游人能专心致志地体验天下第一关的巍峨雄壮，可以遥想当年那连绵的烽火。

嘉峪关长城，是明朝长城的西止点。据考，嘉峪关长城始建于明洪武五年（一三七二年），位于甘肃省嘉峪关市西五千米处。嘉峪关因地势险要，建筑雄伟，有天下第一雄关之称，是古代丝绸之路上的交通要塞。

嘉峪关主要由外城、内城、罗城、瓮城等组成，另有官井、营房、文昌阁、关帝庙、戏楼等附属建筑。游人依次向前行进，便可顺路将大部分景点看完。

现在，我们置身于内城，高耸的城墙、雄健的城楼让人感到自己很渺小。我们穿过一个个城门，仿佛穿梭在历史的隧道里。

城门边，有一扮古代士兵者，着一身古代士兵行头，留着长须，黑圆脸，很是唬人。他坐在桌后，十几名游客围了上去。他收取小费办理"关照"并和游人合影留念。原来，他这纸质的"关照"与我们平时讲的"关照"是不同的。今天我们说的"关照"一词，是关心照顾的意思。但在古代，"关照"原指出关的护照。"关"的本意为门闩，引申为关塞；"照"是公文、证件。"关照"即为出入关塞的公文、证件。历史的延续，也使"关照"一词的含义发生了变化。

嘉峪关城门外就是戈壁荒漠了，附近设有骑骆驼、射击、电动摩托等旅游服务项目，使单一枯燥的游程增添了活泼的气氛。站在高处，向戈壁荒漠深处望去，灰蒙蒙的。忽然，一阵风卷起一片黄沙，一匹孤驼，昂首前行，独留脚印在戈壁荒漠之中。此情此景，不禁让人想起唐诗：

单车欲问边，属国过居延。

征蓬出汉塞，归雁入胡天。

大漠孤烟直，长河落日圆。

萧关逢候骑，都护在燕然。

戏台是嘉峪关一景　刘纪摄影

嘉峪关城墙　刘纪摄影

回望，城墙如铜墙铁壁，城楼立于城墙之上，显得雄伟壮丽。镶嵌于城门之上的"嘉峪关"三字闪耀夺目，熠熠生辉。门内门外虽只一步之遥，但其意义不同。站在此，一股"相别相离别离难，勇士今去不回头"的感觉涌上心头。

我们用了近三个小时游览嘉峪关，它蕴含着中华民族的历史，确实值得一看。

嘉峪关至张掖丹霞地貌公园有二百二十千米，我们赶到张掖已是下午五点。本来打算当晚住在张掖，第二天再游览景区，但看看手表才五点，我们遂决定抓紧时间将景区游完。这一临时决定不错，让我们避免了太阳的炙烤。

与嘉峪关景区相比，张掖丹霞地貌公园的变化更大。景区附近，前年正在修的路和路两边的建筑工程业已竣工。路面平整干净，绿化到位，宾馆、饭店林立，给人一种欣欣向荣、井井有条的感觉。从别墅般的旅馆路过时，我们便有意在此宿下。

张掖丹霞地貌是我国少有的丹霞地貌景观。它形成于六百万年前，主要因红色砂岩风化而成。张掖丹霞地貌位于张掖市临泽、肃南县境内，面积约五百一十平方千米。张掖的丹霞地貌是中国丹霞地貌发育最大最好、地

张掖地貌　刘纪摄影

登高望远　刘纪摄影

张掖丹霞地貌公园　刘纪摄影

貌造型最丰富的地区之一，特别是窗棂式、宫殿式丹霞地貌，是丹霞地貌中的精品。

　　我们驶进景区停车场，车尚未停稳，就有工作人员前来引导泊车。只此一举，就让我们心中一暖。停车场是封闭的，各种小店铺环绕停车场而建，有卖餐饮的，有卖旅游纪念品的，有卖土特产的，繁而不乱。进入景区，专门的大巴车负责把游客送到各个景点，游客可以根据需要选择上下车的站点。

　　拾阶上观景台，只见对面山岭起伏，黄的红的颜色像被人为涂抹在山体之上，在夕阳余晖的映衬下显得绚丽无比。颜色随山体起伏，像在流淌一般，我们好像在彩色的海洋里行舟。继续上行，只见一道道红的黄的颜色将大地变成调色板。山脚下，木板搭成的平台上早已有许多游人。现在高考结束，大量学生出游，景区客流量暴增。平台一端伸出一条栈道，跨过沟壑，绕过一个路亭蜿蜒伸向山顶。游人顺着这条栈道向山上走去。山上人山人海，蚂蚁群般蠕动着。但由于疏导有方，秩序并不显得混乱。此时，一只热气球被点燃，巨大的彩色球体在空中摇曳着，像要挣脱绳索冲向天际寻找自由。山那边，一只飞艇轰鸣着越过山顶向这边飞来，飞艇上的人清晰可见。

丹霞地貌虽然立体感强，但看长了不免有些单调，气球和飞艇给这里带来了生气。

在夕阳将要落山之际，我们回到旅馆。店主人端上菜和美酒，我们一边喝酒一边回顾今天的行程，尽情享受着这诗一样的傍晚。

明天去兰州。

二〇一九年七月十六日于张掖初稿

二〇二一年九月十三日于听涛轩整理

三十五　到中国陆域版图的几何中心去

张掖的早晨，一出宾馆门，就感到气温有些凉。时下已是七月中旬，室外却不足二十摄氏度。抬头望天空，万里无云，一片湛蓝，这凉意不会无缘无故产生，想必是哪里气候有变？果不其然，天气预报说敦煌有雨。敦煌下雨，真是稀奇。不过，雨是对莫高窟来说是最不受欢迎的，景区今天不对外开放。好险，幸好我们前天已参观过，要不就重蹈前年覆辙，把遗憾留在敦煌了！

我们早上八点从张掖地质公园出发，驱车五百五十千米，于下午四点赶至兰州，耗时八小时。

说起中国的中心，人们会马上想到北京。不错，北京是中国的政治、经济、文化中心，但若论起中国陆域版图的几何中心，那就是兰州了。

我们沿G30高速公路向东进发，路两边葱绿的植被匆匆向后掠去。远处的祁连山陪我们一路前行，它虽然没有喜马拉雅山那么壮美，但此时此地倒也显得壮丽。恢宏的山体，洁白的雪山，我们仿佛又一次来到阿里，来到喜马拉雅山脚下。

这里，山清水秀，空气宜人。在这样的路上开车，少了青藏高原道路的艰难危险，应该是非常悠闲和舒畅的，但此时此刻的海哥和小青并不放松。海哥出发时海嫂身体就不太好，海嫂知道海哥一直有进藏的夙愿，主动提出让海哥和我一起去西藏，圆海哥的进藏梦。途中，海哥经常给嫂子打电话嘘寒问暖，口中常念叨嫂子的身体。现在西行已有月余，海哥心中倍加挂念。小青，如果按她的性格再继续玩一个月也未尝不可，但她儿媳的预产期在八月底，她要尽早赶回家做产前准备。是啊，我们已经西行三十七天了，我们

兰州中山铁桥留影　小青摄影

夫妻两人虽没牵没挂，但心身都感到十分疲惫，迫切需要回家休整。

将至兰州，路两边的崒山开始多起来。这些山体不是很大，圆圆的，仿佛密密麻麻的皇陵。这些山体，有的光秃秃的，呈红黄色，让人想起张掖的地貌。是的，这里的地质构成与张掖一样，都属于红石岩风化而成。由于地质坚硬和有机营养的匮乏，植物很难在这里生根繁殖。但有的山体被绿色一点点撕裂，稀稀拉拉长着一些灌木。这绿色随着离兰州越来越近而变得越来越浓。

我们停下车，徒步二十分钟去看兰州中山铁桥。兰州中山铁桥是我通过一档电视节目知道的。走近铁桥，但见五座巨大的拱梁雄跨桥面，雄伟壮丽，庄重大气。铁桥虽已是重点保护文物，车辆禁行，但参观的游人络绎不绝。凭栏俯视，黄河咆哮着奔涌而去，泛起一片片黄色的水汽。这黄色，不免让我思索起它的由来。

我们夫妻　小青摄影

兰州中山铁桥原是兰州市通往黄河北岸的唯一桥梁，具有重要的战略价值。走在灰色的百年老桥上，脚下是我们的母亲河，那份历史的厚重感油然而生。黄河的咆哮声似万马奔腾，又像千军号角，演绎着历史大河的进程。此时我想起了那篇著名的乐章《黄河颂》：

我站在高山之巅，

望黄河滚滚，奔向东南。

惊涛澎湃，

掀起万丈狂澜；

浊流宛转，

结成九曲连环；

从昆仑山下奔向黄海之边，

把中原大地劈成南北两面。

……

思绪随着波浪起伏，渐感晕眩，我们动身离开这里。

行色匆匆，天色将黑。走到哪吃到哪，本就是旅游的重要组成部分。兰州美食，天下人共知。晚上，我们点上酿皮子、羊肉串、牛肉面等，白酒、啤酒一块上，欢乐的笑声再一次响起。

明天去西安。离家越来越近了。

二〇一九年七月十七日于兰州初稿

二〇二一年九月十三日于听涛轩整理

三十六　赶往潼关

　　不到家就不能说一帆风顺，就在我们离家乡还有一千三百千米的时候，"大白"被追尾了。虽然损失不大，但我们一路走来顺风顺水，将要圆满结束时被人家撞了，心里不是很舒服。然而，旅途如人生，总有不如人意的时候，不必耿耿于怀。我把它看作我们这次西行途中的小小插曲，或是这次西行途中的若干故事之一。对方车主讨价还价赔付我们的车辆损失后，我们继续前行。

　　早上近九点，我们东出兰州，沿G22高速向西安奔去。从新疆喀什出来那一刻，我们便已行驶在古丝绸之路上了。今晚，我们打算到西安，脚下的路，正是我们要走的最后一段古丝绸之路。这不能不使我心情激动。是的，我们仅用几天便走完了古人也许得用一两个月才能走完的路程，时代的进步让处于历史长河中的人们始料不及。那些征战，那些驼队，那些狼烟，那些马嘶，那些商贾，那些过客……统统都淹没在历史的长河中。在这漫漫古丝绸之路上，洒下了多少古人的血和汗，埋下了多少古人的青丝和白骨，就像长城有多少块砖，谁也说不清。历史的车轮是无情的，如星移斗转，会沿着自己的发展规律奋勇向前，任何人都阻挡不住它前进的脚步。

　　这一段路，处于甘肃和宁夏两省交界处，行人很难分清哪块是谁的。其实，对于高山、沟壑、平原、江河来说，所有人为划分的界限都不重要，也极少影响到人们对它们的欣赏和赞美。眼前隆起的山岭、刻于山间的沟壑，其实就是大地母亲的面容。我们可以敞开胸怀，毫不吝

亚东风光　刘纪摄影

嗇地大声歌颂大地母亲。远处的小溪依稀可见，我们仿佛能听得到流水哗哗。漫山遍野的翠绿，越发显得生机盎然。我们仿佛来到了陶渊明笔下的桃花源。

前行的路开始变得弯弯曲曲，我们就要穿过贺兰山了。贺兰山，是我国北方一条南北走向的山脉，长约二百七十千米，东西宽二十至六十千米。南段山势和缓，北段山势陡峭，主峰海拔高三千五百五十六米。贺兰山是我国重要的地理分界线。由于贺兰山阻挡和削弱了西北高寒气流的东袭，同时，又阻止了潮湿的东南季风西进，所以贺兰山东西两侧的气候差异较大。贺兰山像一条巨龙，遏制住腾格里沙漠的东侵，使我国北部大面积良田得以避免沙漠化。如果说秦岭将南来的水汽阻挡，使大片土地变为富饶的粮仓，那么贺兰山就是阻挡了北来的寒气使其南侧成为塞外江南。由于贺兰山东西两侧气候存在巨大差异，它还成为我国草原与荒漠的分界线，东部为半农半牧区，西部为纯牧区。

过贺兰山后，大地变得平坦起来，我们熟悉的农田展现在眼前，绿油油的玉米正在吐穗，昆虫在忙碌着授粉。具有当地特色的灰色的平顶民房聚集成村庄镶嵌在广阔的绿色中，仿佛海洋中的孤岛。看了近四十天的高原景色变成久违的北方平原风光，我的心中陡然升起一种莫名的激动来。是的，这颜色，这气息，在家乡待着时我们并没感到有什么特别之处，但当久别重逢后，无论是对视觉来说还是对情感来说它们都会带来直截了当的冲击。这冲击来自记忆的深处。

从兰州到西安有许多景点可以游览，如黄河石林、西夏王陵、麦积山石窟、青铜峡、延安。但由于海哥和小青各自家中有事，已无心游览，所以我们一一略过这些景点，直奔西安。

西安，是我国西部一座非常重要的城市。西安古称长安，在历史上盛极一时。西安是十三朝的帝都，我们耳熟能详的就有西周、秦、西汉、东汉、西晋、隋和大唐定都于此。直至近代，西安仍然发挥着我国西部政治、经济、文化、交通、医疗、教育中心的作用。由于历史的沉淀，西安的名胜古迹甲天下。如果你决意静下心到西安住下来，那里的古迹、名胜和被赋予各种传奇、典故的小吃，让你一年半载都不会寂寞。

前面就是西安了，不知是谁提了一句，"反正只是住宿，不如到小城镇住"，所以我们临时决定越过西安，到前面的潼关县住宿，这样就可以免去进出大城市的麻烦了。我们为这一临时决定而感到兴奋。

赶到潼关县时已是华灯初上。第一次到潼关县，我好奇地打量着这个陌生的小城。下高速去城里的道路不很宽，也不笔直，却干干净净。市内，道路宽阔，路面洁净，路灯明亮。

对于潼关县，过去只知其名不知其实，现在要将其作为驿站，才有心去关注。潼关县地处陕西省关中平原东端，居秦、晋、豫三省交界处，有"一鸡鸣三省"之说。潼关县是陕西的东大门，自古以来就是连接西北、华北、中原的咽喉要道。

晚九点，我们在驱车行驶七百五十千米后下榻潼关县的酒店。安排好住宿，我们已是饥肠辘辘。沿吧台服务员给的方向，我们迈着蹒跚的脚步来到附近小吃街。此时，大部分食客已经散去，小吃店行将打烊。我们找到一小店铺坐下，要了当地小吃鸭片汤和肉夹馍。鸭片汤其实就是烩里脊片。据说，这鸭片汤的名字颇有来历。相传清光绪年间，八国联军涌进北京，慈禧太后闻讯大感不妙，遂仓促准备行装挟光绪逃至西安。途经潼关时，当地官员设宴伺候，但慈禧独对潼关传统名菜"烩里脊片"赞赏有加，说此菜味似御膳中的"鸭片"。因此，潼关烩里脊片便得到了一个新名字"鸭片汤"，并用至今日，成为潼关一大名菜。

对于潼关肉夹馍，我们并不陌生。潼关肉夹馍的招牌早已名扬四海，成为备受国人喜爱的一种美食，也因此成了潼关名副其实的软实力之一。二〇一一年，潼关肉夹馍制作技艺被列入陕西省非物质文化遗产名录。

二〇一九年七月十八日于潼关初稿
二〇二一年九月十三日于听涛轩整理

三十七　旅途闲话

　　尽管昨晚睡觉时时间已晚，但为了早日回家，我们今早七点就踏上了回家的征程。

　　向家而行的感觉真好，憧憬着家的温馨，牵挂着种植的植物，思绪在自由放飞，心中充满着阳光。此时就连天气也显得特别宜人，天空一片蔚蓝。好天气相伴我们走过青藏高原的山山水水，今天将伴我们走完西行最后一程。

　　东行约一个半小时路过三门峡市。三门峡市位于河南省西部，东与洛阳为邻，南接南阳，西连陕西省，北隔黄河与山西省相望。三门峡市是中国优秀的旅游城市之一，著名景点有天鹅湖城市湿地公园、仰韶村文化遗址、虢国博物馆等。说起仰韶文化，有很多话题可聊。仰韶文化属于原始社会母系氏族文化，因发现于河南三门峡市渑池县城北九千米处的仰韶村，被史学界称为仰韶文化，出土的陶器以红陶为主。

　　以前有几次从这里路过，时有到此一游的想法，而且这里有时举办全国范围内的天鹅摄影大赛，不少影友来此拍摄参赛。从家乡到这只需一天，按说我也应该来此采风，但拗不过自己的懒惰。自四年前加入中国摄影协会后，我就很少参加比赛了，而是提着相机随时记录周围的点点滴滴。虽然这些点点滴滴中的大部分登不上大雅之堂，但我一直坚持着这个爱好。对于艺术人生，人们大约有三种态度：一是在沉默中爆发；二是在爆发后沉默；三是平平淡淡，不急于求成，日积月累，最后水到渠成。莫言大概属于后者吧。做人要堂堂正正，做文人要正正堂堂。人的脾气有急有缓，但不变的是做人的底线。

华灯初上　刘纪摄影

　　思绪在飞扬，不觉中来到了安阳。安阳市，是河南最北部的一个地级市，除商朝曾在此建都外，曹魏、后赵、冉魏、前燕、东魏、北齐六国也在此安都，素有"七国古都"之称。那场轰轰烈烈的全国适龄人员补习文化课热潮，让我知道了安阳——安阳城西北的小屯村出土了甲骨文。甲骨文是现代汉字的鼻祖，汉字在甲骨文的基础上，按照象形、指事、会意、形声等造字法，沿大篆、小篆、汉隶、正楷等一路延续发展而来。所以不要小看这方形汉字，它集聚了几千年不知多少代人的心血，是中华文明的结晶。

　　前面就是洛阳地界了。洛阳地处中原，自古以来风起云涌。隋唐大运河穿城而过，是当时重要的南北水路枢纽。隋唐大运河，全程分为四段，江南有江南河、邗沟，江北有通济渠、永济渠，一水通天，横切两江，是人类历史上的一项杰作。

　　说起交通枢纽，同是交通枢纽的郑州就在洛阳的南面。单就城市本身来说，郑州并没有太多的历史典故可陈，它是近现代才发展起来的新兴城市。京广线和陇海线交叉通过确定了它的交通枢纽地位，由此带动了经济的发展。现在的郑州，俨然成为中原大地上一颗耀眼的明珠。

　　前行不远，便进入山东地界了。向后掠去的景色既熟悉又陌生，满山遍野的绿在我们出发时还是浅绿色，而现在都变成了成熟的深绿。车窗外飘进的农田的气息让我回想起五十多年前割草拾草的孩童岁月。这些久违了的感觉让我感到那么亲切、那么温馨，还有一丝丝酸甜。此时此刻，三十九天的历程像走马灯一样一一在我脑海中闪过——在最困难的时候，海哥倚靠着床头，脸色发紫，嘴唇发青，吸着氧气，他说他感到了死神的靠近，他想到了死亡。小青在憋得睡不着觉、头昏脑涨时，后悔来到高原，担心有个三长两短而流下了眼泪。爱人在去珠峰大本营盘旋的山路上，恐高使她心理崩溃，身心遭到沉重打击。而我，虽然因肩负着驾驶、规划安排行程的重任而无暇分心，但当听到海哥播放歌曲《信徒》时，感到它的歌词仿佛为我而写，悲怆凄凉的歌声仿佛为我而唱。在那一刻我才真正理解了歌词的含义，默默地流下了眼泪……

　　车过济南，小青说，我们出发时拍了纪念照，返程时也应该拍一下，大家非常赞成。车到青州服务区，我们拍照留念。看着照片中的自己，不意间抬头，与海哥的视线碰在一起，我俩不约而同、情不自禁地笑起来。

青州服务区留影

晚九点回到离别已久的家，全天行程一千一百千米，耗时十三个半小时。虽然有些累，但马上被回家的兴奋所淹没，还趁着兴劲，将行李整理了一番。

二〇一九年七月十九日于听涛轩初稿
二〇二一年九月十三日于听涛轩整理

三十八　探路者的喃语

　　一觉醒来，昨天一路风尘仆仆回到家乡的情形又浮现在眼前。虽然没有彩旗飘扬的迎接，也没有锣鼓擂鸣的庆贺，但回忆起这次西行对我的洗礼，我了无遗憾。

　　昨天回到家，我再次翻看了汽车里程表，里程表显示数据为五万八千四百八十七千米。三十九天，我们穿越六省，行程共计一万五千四百五十八千米。

　　三十九天，我们白天头顶烈日，夜晚披星戴月，日夜兼程，与高山为伍，与彩云为伴。旅途充满着激情，充满着快乐，充满着憧憬，充满着忧伤，充满着痛苦。

　　我们在希望中走过。洁白的雪山、奔腾的河流、茂密的森林、奔跑的骏马、悠闲的牛羊、迎风飘扬的经幡、阳光下的玛尼石、青青的草原、低得可以用手撕下来的白云、庄严的布达拉宫、美丽的羊卓雍措、古朴的藏居、勤劳的藏族同胞……所有这一切的美好都给我们留下了难以忘怀的记忆。这是我们一生的珍藏。

　　三十九天，我们在团结中走过。我们相互尊重，相互鼓励。三十九天的友谊没有轰轰烈烈的事迹去渲染、去衬托，只是一杯水、一片药、一句问候、一声鼓励，乃至一个眼神——这就够了，这就足以架起感情的桥梁，沟通感情的世界。人的一生，患难中铸成的情谊比金子都贵。

　　三十九天，众多亲朋好友牵挂着我们。遥远的距离被一条条短信拉近，是你们的问候、鼓励，使我们战胜自己，实现了梦想，请让我们道一声谢谢。

　　作为过来人，我要由衷地告诉后来者，去西藏一定要严肃审视自己的身体健康状况，有心脏病、高血压、糖尿病等严重基础病的，尽量不要去西藏。即便要去，也尽量不要走219国道。在高原，空气含氧量大约只有内地的一半，缺氧带来的伤害太大，有基础病的朋友绝不可掉以轻心。我们在旅途中，两次见到救护车从我们身边呼啸而过。即便当地那些身体健壮的驻军战士，每年都有因高反而牺牲者。

去西藏，一定要做好物资准备，氧气是第一位的。在阿里时，海哥发生了严重高反，如果不是及时吸氧，后果很难预料。二是浓缩葡萄糖或者糖块等必须带着。由于高反，人的食欲下降，要及时补充能量才能抗击高反，缓解身体不适。三是一定要多带水果，比如苹果，不仅可为人体补充维生素，还能增加能量。

在青藏高原，面对神秘的大自然，人们很容易用自己过去接触过的宗教、哲学去诠释那一切。宗教人士会用宗教的眼光度量眼前的一切，哲学人士会用哲学的思维方式解释见到的万象，普通人则根据经验、积累的知识去判断遇到的事物。面对那片厚重的苍莽大地，我想到了苏格拉底、亚里士多德、柏拉图、黑格尔……不知这些大师会如何解释这一切。

哲学看似神秘，其实对我们来说并不陌生。记得上大学时哲学老师提问一位同学："喜马拉雅山上的石头和我们脚下的土地有联系吗？"那位同学回答说："没有联系，如果有联系也是胡联系。"引得全班同学哄堂大笑。学会用哲学的眼光看待世界，学会用普遍联系的眼光看待世界，世界将会变得清晰而明朗，人们将会变得睿智而坚强。这是我这次西行的最大收获。

有人说，西藏是一颗"毒药"，也是一颗"解药"。那里的山，那里的水，那里的云，那里的一草一木一石，去一次便可成为你生命中的一部分，并从此牵挂着它们一生。

西藏，我还会再来看你。

二○一九年七月二十日于听涛轩初稿
二○二一年九月十三日于听涛轩整理

后 记

盛开的镜头

我是无意中在朋友圈看到刘纪先生的文章的。那时不知他是何人，他貌似写了一篇自驾去西藏的游记，他的那篇文章于我看来，实在太不像游记，但是，不是游记又是什么呢？像一种久违了的大散文，这种味道吸引了我。他为那篇散文配了自拍的图片——构图与光影美得没法说。后来得知，刘纪先生是中国摄影家协会会员，这就难怪了。他的文章很有个性。他像一位老道的讲述者，视野开阔，语言犀利——后来我们认识了，我才恍然大悟，这样的人应该写这样的文章。倒不是说他就像一股"清流"，事实上，他的文章，似乎难以简单地用"清流"来概括。

在我来看——当今之文坛，八股文太多，四六句子横行，大多在说着别人说的话，重复着别人的感受，喊着别人都在喊的疼。更有甚者说着连他（她）自己都不明所以的话。他们认为这是个性，是文学"混沌"之本源，是文学应该卖弄的专场，是文学不需要洗涤灵魂的特权！好吧，暂且你们是对的，我不屑与你们争论。

"扫盲"这个词已经成为字典里的一个时代名词，上到八九十岁的老人，下至三四岁的小孩子，都识字，都会写字，所以，好像文学已经没有门槛了，谁都可以写点东西，小感小慨、小思小想、小情小绪，写就是，难道这就不是文学吗？算是吧。

没人在乎是不是文学。我们在乎的可能都在远方，在乎命定的时刻到来的那一刻，在乎面对留下了人类遗产的大师的敬畏，在乎有关于"我"孩童般洁净之心的独白。

庄子《惠子相梁》中的得了一只臭老鼠的猫头鹰见了发于南海止于北海、非炼食不食、非醴泉不饮的鹓雏，发出"吓"的一声，以为人家要抢它的美食。每每看了这篇文章，我都要笑，"吃死耗子的"非要怕吃炼食的抢其食物，个人理解事物的角度不同罢了。

刘纪先生的文章好在他的真实。感受是真实的，思考是真实的，语言不是花里胡哨的，语感是缓慢的，情绪小到不能再小，哪怕忧伤，哪怕气愤，哪怕无奈。他在文章中将气息控制得很好，像一个懂得如何一脚油门速度刚刚好的优秀驾驶员。

有一次我们一起去海边看一场有预警的大雪，冬季的风很大，把天吹得万里蓝空，高速公路空旷得有点像专为远行者拍摄的电影画面，起伏的道路两旁有白色高大的风车在旋转。胶东的山是褐色的，植被矮小，半山坡上苹果树已经落了果，黑色的枝丫在狂风中抖动。过了山坳，还是山坳，狭长的小盆地里散落着一个又一个小村子，红砖，灰瓦，里面不知生活着怎样的人。忽然有种想写写这些的冲动，就与刘纪先生约好，回去后，各写一篇散文。为了不受彼此影响，我们不再谈论各自的感受。哪怕是当我站在原始的海草房前，天空中的雪花如期飘落，海风迎面，大海泛着白色的泡沫不断向岸上涌过来、退回去，黑色的渔船在港口上起起伏伏，烟墩角的天鹅漂在海面上，这些画面我们都闭口不谈。

回来后，我们各自写了一篇文章，刘纪先生竟写了七千多字！而且，我们的角度也大不相同，他的角度不光是全面的，而且还是细致入微的，配上他拍的图片，更加显得文章光泽饱满。这真是让人惊喜。

独立思考，需要多空间的东西叠加，这才是为文的魅力所在。

刘纪先生的游记散文《山是云的故乡》充满着对祖国大好河山的挚爱、对人生深度的思考，他将三十九天的所见所思和一万五千千米的历程凝缩成一本书，这需要何等的精炼加工和来自内心深处感情的迸发！他的史诗一般的追忆叙述和俄罗斯油画般的镜头描写，无不给人以美的享受和灵魂的触及，是文配图的典范。

在我看来，刘纪先生不光妙笔生花，且镜头语言也在同时盛开。

高玉宝

2021年11月30日